中国科幻精品屋系列 ⑮ 　　　　金 涛 总策划

兰花迷踪

饶忠华　主编

科学普及出版社
·北 京·

图书在版编目（CIP）数据

兰花迷踪 / 饶忠华主编．—北京：科学普及出版社，2018.3
（中国科幻精品屋系列）
ISBN 978-7-110-09308-5

Ⅰ．①兰… Ⅱ．①饶… Ⅲ．①科学幻想小说－小说集－中国－当代 Ⅳ．① I247.7

中国版本图书馆 CIP 数据核字（2016）第 026695 号

策划编辑	徐扬科
责任编辑	王晓义
装帧设计	青鸟意讯艺术设计
插　图	范国静　赵连花　郭　芳　刘小匣　刘　正
责任校对	赵丽英
责任印制	徐　飞

出　版	科学普及出版社
发　行	中国科学技术出版社发行部
地　址	北京市海淀区中关村南大街 16 号
邮　编	100081
发行电话	010-63583170
传　真	010-62173081
网　址	http://www.cspbooks.com.cn

开　本	710mm×1000mm　1/16
字　数	180 千字
印　张	13.5
版　次	2018 年 3 月第 1 版
印　次	2018 年 3 月第 1 次印刷
印　刷	北京盛通印刷股份有限公司

书　号	ISBN 978-7-110-09308-5/I·450
定　价	35.00 元

序

世界上有很多人会做奇怪的梦，他们的梦又奇妙，又好玩。

在梦中，他们乘坐宇宙飞船，冲出大气层，飞上月球，飞向遥远的星座，甚至在银河的小行星上盖了房子，建了许多工厂和雄伟的城市。但是他们很快遇到了麻烦，宇宙大爆炸的冲击波毁灭了他们的家园，于是劫后的幸存者驾着飞船，成为孤独的漂泊者。

在梦中，他们像鱼儿一样潜入海洋，在深深的海底开采矿床，建造海底城市，也建成了海军基地和强大的舰队。正当他们雄心勃勃地扩张地盘、争夺海底富饶的钻石矿时，一场可怕的大地震爆发了，于是山崩地裂，海水沸腾，谁能逃过这场浩劫呢？

在梦中，他们进入了很深的地底下，居然发现地球内部还有一个世外"桃花源"，芳草鲜美，落英缤纷。那里的人像袋鼠一样跳跃走路，住在黑暗的洞穴里，有嘴却不会说话，只能用双手比画几下进行对话，如同人类聋哑人的"手语"，据说这是在地层高压下长期进化的结果。遗传学家考察后发现，这些地底下的聋哑人竟然和我们有相同的基因。

在梦中，机器人部队排成战列，每个机器人士兵都拿着激光枪和锋利的光子匕首，向着古老的城堡发起进攻，那是外星人盘踞的城堡，他们也不甘示弱，从城堡的枪眼里喷出的高温毒液，形成一片炽热的火海……

当然，还有很多梦，既稀奇又令人兴奋。比如：许多可怕的至今无法治愈的疾病，终于找到了特效药；分子型的微型机器人医生从血管、从食道进入人体的内脏，清除病灶、消灭隐患，创造了一个个生命奇迹。

还有很多很多，都是科学技术的新发明带来的惊人变化、创造的一个个人间奇迹，不用一一列举了。

这些梦，看似异想天开、玄妙荒诞，却也令人震撼、趣味无穷，它们写成小说就是科学幻想小说（也称科学小说），拍成电影就是脍炙人口的科幻电影。我相信，这是你们最喜欢的。

摆在你们面前的这部"中国科幻精品屋系列"，就是我国100多年来科幻小说的集中展示.它是由几代科幻作家，在不同历史时期，伴随科学技术的进步而创作的，也从一个层面反映了科幻小说家对于科学技术发明的殷切期望和美好向往。这里面多是描写科学技术的进步给人类带来的福祉，也有对科学技术成果滥用的忧虑。

这套书有一个很突出的特点：2000多篇作品，2000多个故事，时间跨度100多年，是按时间顺序编排的。阿拉伯文学中的经典作品叫作《一千零一夜》，这套"中国科幻精品屋系列"可以称作中国科幻的"一千零一夜"了。

这种分类方法一个很突出的特点，是可以很清晰地看到，中国科幻小说的题材与现当代科学技术的发明和传播相互之间密不可分的关系。这也说明，科幻小说尽管是幻想的文学，但它仍然植根于现实的大地之上。

我还想再补充一点，阅读科幻小说（以及看科幻电影），最大的收获不仅仅是长知识，而是增强你的想象力，这是训练一个人创造力的重要途径。"想象力比知识更重要"，这个观念已经被无数事实证明是有道理的。这方面的体验，只有通过阅读，不间断的、广泛的阅读，才能领会。

最后，我要感谢丛书主编饶忠华兄，并且特别感谢多年来支持丛书出版的科学普及出版社以及为此付出辛勤劳动的编辑们。

金　涛

2017年10月20日

目　录

致作者

　　1997 年起此套丛书在我社陆续出版，由于年代久远，有些文章作者的署名及联络方式已无从查考，故烦请相关作者与我们联系，我们将妥善解决署名及稿费事宜。

地下城堡

孙幼忱

大学毕业后，我被分配到地质勘察队。队长叫于天朗，是一个很有魅力的男子。前些天，有人在荒漠里发现了"魔鬼城"，不论什么人到了那里就会失踪。为此，于天朗组织了一个"荒漠探险队"。因为我是女的，于队长不让我参加，我十分不满，在他们出发半天后，就去追他们。

我追了一下午，也没见他们的踪影。傍晚，我遇到一个骆驼队，驼队收留了我。带队的老汉让他的小孙子梭梭和我做伴。我和梭梭在离驼队稍远的一片怪柳树下休息。半夜里，一阵狂风把我惊醒了。我睁开双眼，看到骆驼队住处降落了一艘巨大的飞艇，从飞艇上下来十几个人，都穿银色紧身衣，头戴面罩。为首的一人摘下面罩，我惊呆了，那人竟是于天朗。这些人亮出发着蓝光的手枪，还没听到枪响，骆驼队的人就全倒了下去。接着，这伙人把骆驼和人弄上飞艇，飞走了。

看着这一切，我和梭梭都束手无策。于是，我决心找到队长于天朗，看他怎么解释今夜的行为。第二天，我们终于找到了于天朗等3个人。梭梭看到于天朗，认定他就是昨夜抢走爷爷的强盗头子，便向他要爷爷。我也把昨夜的事情说了一遍，并说那强盗确实很像于天朗。队长想了一会儿说，他有一个孪生哥哥，在动乱年间和父亲一起在塔里木盆地失踪了。听完队长的话，大家心情很沉重，都不出声了。

当晚，我们分两个帐篷宿营。半夜里，飞艇又来了，我没弄清是怎么回事，就失去了知觉。等我醒来，发现自己是睡在一张床上。我环视四周，发现这房子没有窗户。我看到一扇门，推开门一看，里边似乎是一间实验室，摆满了瓶罐和仪器，有个老人正在做实验。我问老人，这是什么地方。老人介绍说这是一座地下城堡，叫"生命工程研究所"，像这样的实验室有100多个。这城堡由一个神秘的老板主持，凡被抓到城里的人，都要做一种手术，使其丧失个人意识，对老板俯首帖耳。老人可怜我，就把我从老板那里要了过来，做他的助手。我听完，决定先留下来再说。

当晚，老人的儿子回来了。经老人介绍，我得知他叫于天明。我见他和于天朗长得一模一样，心想他可能就是于天朗的孪生哥哥。于是，我对老人讲了于天朗的情况，并说今天于天朗也被捉了进来。老人十分激动，说他一直在找他的另外一个儿子，现在终于有消息了。

10多天过去了。一天夜里，老人向我讲了他的亲身经历："20多年前，我和天明被抓到这里。老板知道我是研究生命科学的，让我为他搞科研。在天明10岁那年，老板对天明做了手术，切断了他的个人思维，使他听命于老板。我为使儿子恢复意识，下决心做研究，终于研究出一个方案，使儿子恢复了意识。但我让他继续装傻，以等待时机逃出这城堡。这几年，我在延缓人类衰老方面的研究有了很大进展，但老板还不满足，他150岁了，还不想死，要我研究'长生不老术'。你来了以后，我发现天明爱上了你，我一定要设法把你们救出去。"

第二天中午，天明提前回来了。老人把一个小盒交给我："这是我的研究成果，等你们出去后，把它献给全人类。"天明把一套银色紧身服交给我，让我立即穿上。

我和天明出门上了一辆汽车，经过无数道关卡，来到一个停着飞艇的地方。艇上已有3个人，我一看是于天朗和两个同事，他们的意识也清醒了。飞艇起飞了，我们终于逃出了"魔鬼城"。

我想着仍旧被关在城里的其他人，心中说："我们一定会救你们出来！"

《科幻世界》，1993年第9—11期，庄秀福改编

孤独少年

王德华

我家隔壁的空屋有人搬进去了。今天一早，我听见那幢房子里传来狼狗的叫声。我来到那幢屋子前，看到一男孩儿在驯狗。他开了门，自我介绍说他叫雷天风，是从四川的一片大山里搬来的。

3天后，我从雷天风家门前走过，见到他和牧羊犬在跳舞。我看了一阵，雷天风邀我去他家坐坐。我们喝完冷饮，天风在健身房进行健美训练，他在运动量特别大的情况下，竟然不出汗。

我邀天风去游泳，他不会游泳，河水呛入他口中，但他却没有丝毫难受的样子。河面上人渐渐多起来，一群姑娘在水中嬉游，我想在水下吻其中的一个女孩儿。我想起了阿玉，眼前有个女孩又那么像阿玉。突然，我身边几个小伙子扑下水，女孩子们一片惊叫，就立即爬上了礁石。

天风笑着对我说："你的自控力超强！"他说，他借助仪器，发出强脑电波，可以控制别人，刚才那几个小伙子就是受他控制，想要去亲女孩子。天风的话让我一惊，他到底是个什么人呢？

一天，我向天风提出参观他的脑电波发生器。天风说，发生器装在爸爸的工作室，平时不许别人进去。3天后，我随天风悄悄溜进地下室，打开密码锁。水晶门打开了，屋里满是仪表。天风把我领到那台发生器前，经测试发现我能抗拒它的干扰。

我们回到天风的卧室。天风告诉我，他不是地球人，他的爸爸

属于第二宇宙，长年在地球考察，他的妈妈才是地球人，而他则是用基因工程技术合成的，身体结构介于地球人与第二宇宙人之间，和地球人相比，有许多缺陷。我听着，如同在观看一部科幻片。

"爸爸……"天风站了起来。我一扭头，发现一位高大的老人，他的双眼似乎能看穿我的五脏六腑。他对我说："你是个意志坚强的地球人。风儿只有15岁，遗传使他长成了这个样子。我快不行了，我已没有什么能量了，希望你能多照顾风儿。"说罢，老人像雾一样消失了。

天风对我说，这是他爸爸的全息像，不知他在哪里，也不知妈妈在哪里。我安慰着天风说："你太孤独了，到我家去住吧。"他微笑着点点头。

一轮明月升起来，照在睡在我身边的天风脸上，我拍拍他轻声说："睡吧，地球人最爱做梦！"

《科幻世界》，1993年第5期，方人改编

机器人维修店

王华明

这个机器人维修店专门维修各类机器人因事故而产生的各种故障，自开张以来，受到了许多人的欢迎。店主——阿林博士发了一笔财。这天，店门口突然来了个警察，请博士为他们维修机器人。他说："我们警察局本有个专门协助警察破案的机器人，现在它出了故障，丧失了破案的功能。没有这个机器人的帮助，我们警察局将干不了任何事。"

博士答应了。警察留下了那个出了故障的机器人离开了。他刚走不久，又有一个中年人进来，声称自己是青龙帮的人，把博士吓

了一跳。那中年人说："别慌，我不会伤害你的——只要你不去报警。我们只想请你修一个机器人。警察的破案本领太高了，我们青龙帮只有依靠它，才能保证不会被警察局灭掉。而今，它出了故障，请博士修一修。"

博士愣住了。他万万料不到警察局依靠机器人破案，而青龙帮却依靠机器人作案。

《告别地球》，少年儿童出版社，1993年3月，修棣改编

外星来客

王华明

某会场，1000多人在开会，发言人的讲话很长，与会者听得昏昏欲睡。正在此时，一艘飞碟降落在会场外面的空地上，顿时，会场乱作一团。

从飞碟里走出4个奇形怪状的外星人，人人手提一台翻译机，只听带头人一声令下，4个外星人做出古怪的动作。看起来，他们是在向大家行外星人的礼呢。与会者松了口气，发言人以为是他的报告吸引了外星人，所以准备继续讲下去。

不料，外星人不是来听演讲的，只见一个外星人走上讲台，说他们是从会凯星球来的，希望向大家讲几句话。会场里响起了热烈的掌声，欢迎外星人讲话，大家对原来那位已厌烦了。

这个外星人开始演讲。他真能侃，不用讲稿，口若悬河，滔滔不绝。等他讲完了，会场里的人，包括原来的发言者和同来的3个外星人，像已经过了一次冬眠又苏醒过来了似的。

接着是第2个外星人演讲，又让大家睡了一个好觉。随后是第3个、第4个外星人上场。4个外星人讲完，又轮到原先那位了，他觉得没什么好讲的了，只得宣布散会。

众人参加了一次前所未有的长会。这么多天来，大家在会场里听了睡、睡了听，饭都没得吃，肚子早饿瘪了。于是，一个个赶快回家，吃了一顿饱饭。

会场里只剩下发言者和4个外星人，他问外星人，为什么到地球上来。一个外星人笑着说："在我们星球，开会是最流行的一项运动。今年我们要举行演讲大赛，前10名将能获得勋章。我们4人为了夺得好名次，于是到各星球巡回演讲，进行实战演习。现在，

在地球的演习已结束，该去下一个星球了。谢谢你的支持。再见！"

发言者目送外星人离去，心中似乎有点儿茫然……

《少年科学》，1993年第5期，庄秀福改编

天 火

王力德

悉尼大歌剧院正在演出芭蕾舞剧《天火》，叶航的思绪又飞回5个月前的罗斯冰架。

那是2020年9月，"探险"号飞机正在驶向南极罗斯冰架，机舱里坐着叶航和他的恋人——新华社记者夏冰洁。两人是中学同学，夏冰洁曾经和同学罗笑风一起帮助过叶航，使失去父母的叶航改邪归正。后来，叶航考上了高能物理专业，夏冰洁考入了新闻专业，罗笑风考入了医学专业。这次，好不容易叶航和夏冰洁一起参加了中国南极考察队，比翼双飞，驶往极地。

在罗斯冰架前缘，出现了壮观的极光，机上的指示灯发出报警信号。由于磁暴切断了无线电通信，计算机系统失灵，飞机失去了平衡。叶航跳伞，降落在罗斯冰架的边缘上，而夏冰洁却落入冰海中，被海水吞噬。叶航被送到悉尼治疗，正巧遇到以访问学者身份在悉尼医院工作的老同学罗笑风。在她精心照料下，叶航恢复了记忆。当叶航看到舞台上的太阳神驾着太阳车凌空驶过，他突然神经质地高呼："光明！希望！"并跑出了剧场。

罗笑风感到莫名其妙，叶航说："学太阳神盗取天火，让极光给人间带来光明。"罗笑风仍不解其意。叶航说，太阳辐射的高能粒子流闯入两极高空的电离层和空气分子相撞，激发出极光。两极的极光能连成10万千米长的电气回路，回路中能产生2万安培电流，极光中的能量比全世界所有的火电厂发电量的总和还大。

叶航回国后，猛攻"日地关系学"，研究极能开发，提出了一个大胆设想：发射一颗巨型极地动力卫星，让卫星在距地面几百千米的电离层中，沿极光高峰带环绕飞行，用卫星上安装的超导线圈产生强磁场，截获太阳辐射的高能粒子流，把极光电能用微波束引入人间。这个设想轰动了世界科学界。联合国成立了"极能资源利用委员会"，叶航担任总指挥，并将这项庞大的计划命名为"普罗米修斯工程"，卫星空间站命名为"南极星"。

由于罗笑风的爱人在冰川考察中遇难，她极度悲伤，报名参加南极考察，探索低温医学。她经常到叶航那里，叶航感觉到罗笑风

那颗深藏不露的芳心。爱情之花终于在心灵的浇灌下含苞欲放。

一天，在南极一处冰洞中发现一具女尸，那正是30年前遇难的夏冰洁。叶航和罗笑风匆匆赶到现场，叶航见后，昏倒在罗笑风的怀里。

10天后，叶航从昏迷中醒来，见到活生生的夏冰洁轻盈地走过来。夏冰洁告诉叶航，是罗笑风救活了她，他们再不分离了。但是，叶航告诉夏冰洁，他已经有爱人了，夏冰洁哭着冲出房门。

叶航的身体极度衰弱，影响了工程建设。罗笑风匆忙回国，3天后又提着一个低温冷藏箱赶来了。她见了叶航，就说要动手术。叶航被架上手术台，打了一针就昏睡不醒了。等叶航醒过来时，已是半月之后，他已变成了一个健壮、英俊的青年。罗笑风揭开了其中的秘密：原来低温冷藏箱里装着叶航30年前出事时留下的免疫系统里的"T"细胞，是罗笑风为研究磁场中人体免疫力变化而保存的。罗笑风给叶航动手术，注射了年轻时代"T"细胞，使他返老还童，年轻起来。罗笑风说罢匆匆走了。

罗笑风走后，叶航心乱如麻，他觉得欠罗笑风的实在太多了，必须当机立断。夏冰洁也看出了叶航的心意，决定与他分手。两人一起来到罗笑风住处，罗笑风已经回国了，留下一封给他们两人的信，祝贺他们的生死恋情失而复得。

南极星点火的日子，也是叶航与夏冰洁大喜的日子。作为工程总指挥的叶航，作为新华社记者的夏冰洁，南极星成了他们共同的爱子。午夜时分，空中又升起神奇的极光。叶航说，等南极星上天，截住太阳风，极光就不会露面了。明天，他们将在巨型火箭礼炮中，举行壮丽的婚礼。

《科幻世界》，1993年第12期，施鹤群改编

生命之光

——未来世界一面

王 炼

中国医学科学研究院成立了一支专门研究癌细胞和艾滋病病毒的小组——CH尖端小组。小组成员由15位科学家组成，除3人留在科学院外，其余12名科学家分别去12个不同的地方，进行实地研究。他们相约每年6月1日在科学院"聚会"一次，交流各自的经验所得。

一年的时间转瞬就到了。在各地工作的科学家于6月1日准时返回了科学院，只是代号叫"蚯蚓"的还没有回来。第2年、第3年……还是如此。一晃八九个春秋过去了，在跨过20世纪第1年的6月1日，"蚯蚓"回来了，他还带来了治疗癌症的药方。他和大家见面后，来不及休息，就同其他科学家一起，把他的研究成果同其他科学家的收获结合起来，制成一种新药——CH中药。经临床检验，结果表明：成功率百分之百。中国医学科学研究院向全世界发出通告：治疗癌症的方法已由中国医学科学研究院CH尖端小组研制成功。

这里且不说全世界为之大庆3天的情景，还是先听听代号叫"蚯蚓"的科学家的自我介绍吧！

"我从科学院出来后，在一个山区听到×××得了癌症，在5年里体重保持不变，只是秋冬季节体重增加些。我觉得很奇怪，于是暂住到了癌症患者×××的家里，同他住在一起，注意他的饮食和住行，并做了记录。刚开始的两年，我没有什么发现，所以没有回科学院，后来终于发现他春夏劳动量大，日常吃一种野菜；秋冬劳动量较小，且吃不到野菜。我猜想，他的病是否与劳动和这种野菜有关呢？于是，我收集了一些野菜。经化验，发现这种野菜里含一种特殊的物质，这种物质能杀死癌细胞。于是，我把这种物质从野菜中提炼出来，制成了药。我把这种药给×××服用，再教他做劳逸活骨操，一年后，他的病基本痊愈。再给其他两人治疗，两年后也基本痊愈。于是，我返回科学院。"

"癌细胞虽被治住了，但是艾滋病病毒还侵害着人类的生命，还有待广大科学工作者去探索。"

果然，事隔15年后，治疗艾滋病的药方也被某同盟国的一名青年科学家研制出来。那时，人类已全部跳出癌症和艾滋病包围的火坑。

《告别地球》，少年儿童出版社，1993年3月，修棣改编

密林深处

王蜀湘

生物考察小组到"卧龙自然保护区"进行生态环境科学考察，发现大熊猫"绒绒"两次失踪后又安全返回营地，而它身上的微型跟踪器竟没发出信号。

一天早晨，"绒绒"又兴奋地冲出屋舍，直奔森林。我在后面紧紧追上。一路上，"绒绒"穿密林，跨山洞，爬陡坡，我好不容易才跟上它。

突然，一股耀眼的强光晃得我眼花缭乱。只见三个银灰体在与"绒绒"打闹嬉戏。蓦地，我觉得昏昏欲睡，像进入另一种物质世界。天那！我在哪里？

原来，我在一个扇形空间里，正前方是三个闪烁着银灰色光芒的实体。"你不要害怕，我们不会伤害你和你的朋友。"接着，银灰色空间的一面消失，空间变大，原来是碟形飞船的一个舱。

我对面坐着"绒绒",它望着银灰体,又是投足,又是摆头,亲昵得不得了。那声音说:"欢迎你们,地球客人!我们是外星人。"

我吃了一惊,问道:"你们怎么会说我们的语言?"

"你们地球人交谈,靠声波传入耳朵,再由神经传入大脑。我们则直接将脑电波传入神经中枢。"

我明白了,难怪"绒绒"与他们配合得那样默契,原来他们有共同语言。"贵星球第一位来访者'绒绒'告诉我们,你们正致力于生态环境保护,地球将会变得更美丽。"

当我醒来时,看见面前一片银光,接着听见一声巨响,一个巨大的银盘从树林中升起,飞向高空。我似乎听到一个"声音":"再见了,美丽的地球!"

《科幻世界》,1993年第1期,方人改编

缘 分

王小康

走出咖啡厅,我对雅莲说:"别忘了星期六的音乐会!"告别了雅莲,我又被"这是婚外恋吗"这个问题所折磨。

我还爱着幽兰,虽然有时我们之间有点矛盾。我和幽兰认识10年了,她是个恬静的女孩。而雅莲是个感情丰富的人,但没有幽兰有内涵,所以,我选择了幽兰作为生活伴侣。

回到家已是深夜。"你回来了?"幽兰醒来,打断了我的回忆。"赶快睡吧。"她淡淡地说。第二天醒来,幽兰忙着弄早餐。她问我,昨晚哪儿去了?我随口撒了一个谎,转身走出了家门。

我茫然地在街上走着,被好友小刘拉住了。他现在是某研究中心的主任工程师,硬拉着我去他家坐坐。我把自己的苦恼向他全部

倾诉。"我和幽兰的缘分已经尽了，"我说出我的想法，"我后悔没有选择雅莲。"

"你想后悔？"小刘认真地说着："我们研究中心搞了一套'时光修改仪'设备，你可按你的想法，对个人经历加以修改，怎么样，去试试？"

这就像天方夜谭式的神话，试试也无妨。于是，我随小刘去了研究所。小刘把一个头盔戴在我头上，然后在一边摆弄仪器。我定下神，想象着自己的历史选择。仪器发出嗡嗡的声响，仿佛录像机在快放，光影迅速变幻，闪现的景象我看不清，一切都无法挽回了。

我回到家又是深夜了，我现在的妻子是谁呢？我掏出钥匙，打开房门，是雅莲，我禁不住俯身吻她。这一夜，我睡得特别香。第二天，在我和雅莲之间又重现了我和幽兰在一起时遇到的问题。我对幽兰感到内疚。我对爱情太天真了，一点变化就以为缘分已尽。

我又坐在那家咖啡厅，却不知要等谁。突然，一个熟悉的声音从天际飘来，是幽兰。她怎么会在这里？修改后的历史，她是没有机会和我见面的。我不知该说什么。幽兰还是那样文静，她抿嘴一笑，笑得那样灿烂。我心乱如麻，她望着我说："你不是说，星期六我们去听音乐会吗？"

《科幻世界》，1993年第2期，方人改编

万能书包

王 云

在一座遥远的城市里，有个大发明家，他的发明不计其数。可是，他的儿子才克却是个大笨蛋，都10岁了，连1加2都不知道等于几。因此，大发明家非常伤心。为了他的儿子，大发明家用了 9个星期发明了一种万能书包。他露出了笑容，有了这万能书包，至少别人可以不笑他的儿子是大笨蛋了。

第二天一大早，才克背着万能书包上学了。别看才克学习不行，可是玩起来可不一般，他可以获得世界玩大奖。才克走到公园门口，见时间还早，便进了公园。他来到湖边，放下书包脱去外衣，便下水游了起来。才克正游得高兴，忽然腿抽筋了，就大叫救命。可是天这么早，公园里没有一个游人。正在这时，湖面上开来一只小船，从船上伸出两只手，把才克拉到了船上，但船上却没有人。船靠了岸，才克上了岸，那船就不见了，只剩他的那个万能书包。才克惊奇地问："是你救了我？"那书包说话了："对了，我的小主人。"

才克出了公园，把书包放在地上，书包变成了小轿车。在离学校不远处，才克下了车，小轿车又变成了书包。

才克背着书包进了学校。今天是期中考试，试卷上的题他一道

也不会做。正在才克担心时，书包小声对他说："别着急，有我呢！说完，书包不见了，只有一只文具盒在桌子上，这是书包变的。文具盒里飞出一支'笔'——万能书包的思维笔，'笔'在纸上写着，连笔迹也和才克的一样。这次考试才克得了满分，大笨蛋变成了高材生。"

晚上，才克回到家中，对父亲说了一天的经历，父子俩都笑了。

翌日，才克依然早早上学，先到公园的湖里游泳。在他游得正起劲时，有个男孩偷了他的万能书包便跑。这男孩是大发明家助手的儿子洛安卡，洛安卡也知道万能书包的秘密，所以来偷书包。才克发现有人偷书包，上岸便追，很快追上了洛安卡。两人抓住书包使劲拉，最后把书包扯成了两半。万能书包成了一些零件，再也不能合在一起了。

才克哭了，他离开了万能书包，又变回一个大笨蛋了。

《少年科学》，1993年第6期，庄秀福改编

不寻常的盗窃案

尉 飞

欧洲某国D城的一所高级别墅，发生了一件盗窃案，盗贼被保险箱当场制服。第二天，各大报纸都刊登了这一消息。报道说，一举制服歹徒的是一台保险箱，这台保险箱是由哈默博士领导的赫尔曼公司研制的，它非常灵敏，甚至可以分辨两个一模一样的人。一时间，D城众说纷纭，以至于全国都知道了平日默默无闻的赫尔曼公司。

《每日新闻报》的副主编于云华看了这些报道，认为报道得不够详细。于是，他决定自己再写一篇细节报道，相信读者会喜欢看

的。他来到监狱，准备采访那盗贼，但盗贼已被赫尔曼公司保释后到南美旅游去了。于是，于云华直接去采访哈默博士。

哈默博士热情地接待了于云华。当于云华问博士研制的保险箱有何特点时，博士说："这种保险的特点是辨别能力特别强，它配备了一个微型电脑和几个传感器。大家知道，人的行为是受大脑控制的，人要做某事，首先由大脑发出信号。我发现，每个人的大脑发出信号与传达信号，大脑的兴奋程度与传达信号的速度都有所不同，所以每个人都有着这种无法仿造的'超级密码'。保险箱上几个按密码的键钮，其实是极为灵敏的传感器，只要手指在按密码时一接触它，这人的种种特征立刻被感知，并送往电脑与主人的信息作比较，它会立即辨别出真伪。所以，如果不是主人，即使知道了密码，也无法把它打开。值得一提的是，这种保险箱在主人受到威胁时，它仍能坚持职能。因为，人在受到威胁时，脑的兴奋程度异常剧烈，传达的信号会超过电脑的'允许'范围，保险箱就打不开。另外，我还特地在保险箱底部安装了一部像喷雾器似的小型攻击器，里面装有麻醉性气体，以便对付歹徒。"

于云华指出，赫尔曼公司在宣传保险箱时玩了花招。博士承认，由于产品无人问津，公司就雇了一个人到一位头面人物家中行窃，经报上一报道，比广告还灵，保险箱的销路立即打开了。

第二天，《每日新闻报》发出一篇报道，它揭示了赫尔曼公司利用所谓"盗窃案"而大做文章的前前后后。最后，报道公正地指出，这种保险箱的确有一流的保险功能，大家一用便知。至此，"D城盗窃案"大白于天下。

《少年科学》，1993年第6期，庄秀福改编

老鼠的利用

韦 恒

这一天，我以记者的身份，来到有名的C城进行采访。城里的公路很宽敞，每个公路的十字路门处，都有一个很大的花坛。花坛里的鸟儿就更多了，有黄鹂、八哥、朱鹮……什么？朱鹮？朱鹮是一种濒临灭绝的珍禽，在这里，每个小花坛里竟有好几只！

我再也待不下去了，决定到鸟类科学研究所去采访一趟。接待我的是W博士。他说："你是说朱鹮为什么多吗？这可是我们研究的一个最新科技成果呢！当前，自然界朱鹮的数量极为稀少，所以，我们鸟类科学研究所就有责任去挽救。为此，研究所人员总结经验，呕心沥血，做了大量工作，终于找出个好办法，那就是利用老鼠。"

"我们知道，老鼠之所以能生育出如此繁多的后代，是因为它有很强的生殖力，能轻而易举地生育大批的后代。由此，我们从老鼠强大的生殖器官中，提取出强生殖系统激素，输入到朱鹮的生殖器内，从而使朱鹮的数目增多，不会濒临灭绝的危险。"

听完了博士的介绍，我不禁感慨万分。我相信这种绝妙的方法经过宣传，不久的将来，不但动物，连植物也会由这样类似的办法更多地繁衍起来。

《告别地球》，少年儿童出版社，1993年3月，修棣改编

星星桥

吴春琼

公元2222年2月2日下午2点22分，一份急电从"地球—星际交流中心"发出，大致内容是遥远的奇奇星人将来访地球。

这真是个激动人心的时刻！地球人与外星人如此正式接触还是第一次！可不知怎的，宇宙中竟刮起一股怪风，说地球人和奇奇星人八成都不怀好意……弄得双方的军事家们对两星交往起了疑心。为此，交流中心连夜召开了会议。

会议的中心议题：① 在哪里和外星人接触，是在地球上、奇奇星上还是别的星球上；② 谁去和外星人接触。对这两大问题，各国的会员们各抒己见，谁也驳不倒谁。最后，交流中心现任主管阿嗡先生站起来说："根据我的分析，和奇奇星人的接触不可在地球上，若他们想突袭地球呢？也不能在奇奇星上，如果他们不安好心扣我们做人质呢？所以，最好是另找个地方会面，比如怪怪星。至于谁去和他们见面……"会议最终决定，由阿嗡先生和他聪明绝顶的小儿子皮皮一同前往。

奇奇星也开了个类似的会议，做出了类似的决定。人选嘛，是奇奇星上鼎鼎大名的君一先生和他的外号叫"精豆子"的小妹鲁鲁。

为以防万一，双方都为会见人员制作了"超光障隐形防御衣"、像装饰品一样挂在脖子上的火力探测器、套在手指上的微型离子发生器，随时准备反击对方……

具有历史意义的神奇时刻终于来啦！阿嗡和君一分别带着皮皮和鲁鲁，以最僵硬的微笑开始了在怪怪星上的会晤。会谈刚开始不一会儿，阿嗡和君一发现皮皮和鲁鲁坐在一起，手拉手玩得正开心呢！

"危险！"阿嗡和君一慌作一团，混乱中撞开了各自的探测器。这下糟了！双方的干扰仪都发挥最大作用干扰一切前来探测的电波，结果火力探测器发疯般地大叫。为掩饰尴尬局面，他俩不约而同地推说刺耳的怪声是身边的机器人发出的。会谈只得暂时停止。

半小时后，重新装束的阿嗡和君一再次会面。双方口气越来越硬，开始相互揭短，会谈气氛紧张，情势一触即发。

另一边，皮皮和鲁鲁也开始相互指责对方没有诚意。最后，他们终于弄明白这是一场误会，但担心如果误会继续加重，会引起星际大战。这时，皮皮的脑子里闪出一个绝妙的主意，他凑在鲁鲁的耳边如此这般说了一番，鲁鲁笑了。

不久，地球《宇宙时报》刊登了一条震惊世界的消息：地球与奇奇星交往失败，新星际大战一触即发。消息传出，各界哗然。许

多国家纷纷表示：支持联合国总部抗击奇奇星。

皮皮想起和鲁鲁按约定的计划，穿上隐身衣展开行动。这种衣服有抗红外声波侦察、防干扰、消像、消音的功能。当天下午，一条无形的"身影"潜入了军事基地。

3小时后，两星公然开战，互发超远程导弹。地球的第一枚导弹在奇奇星上空爆炸，惶恐不安的星民们惊叫起来——天上出现了星际通用文："你们好！地球人是奇奇星人的朋友！"弹头射出无数绚丽的鲜花。

与此同时，奇奇星的导弹在地球上空爆炸，空中射出道道问候语："奇奇星向地球致敬！"金光闪闪的万千小礼品漫天飞落。

原来，这都是皮皮和鲁鲁潜入各自星球上的军事基地后做的手脚。他俩就这样制止了一场星际大战，巧妙地在宇宙中架起了一座"星星桥"。

《少年科学画报》，1993年第8期，肖明改编

真假B博士

吴 健

H法官正要审理一起超级诉讼案，但他心里却没有着落。H法官对原告B博士说："请你把案件的经过陈述一遍。"

原告B博士说："我从N公司购进一台智能机器人，与我长得一模一样。我在家中从事研究工作，他在外面应酬。最近，我的一项科研项目获得国际金奖，在发奖大会上，我俩同时出现。结果，学者们骂我是骗子，使我蒙受了不白之冤。"

法官听后，对被告B博士说："你还有什么要申辩？"

被告席上的B博士激动地说："明明我把他买来，他却想加害

我，太绝情了。"

旁听席上一片哗然。H法官急中生智，要两位B博士各写一句自己常说的话。为防止假博士窃取真博士的脑电波，还用绝缘室把他们隔离起来。

不一会儿，两张答案公布于众。被告B博士写道："工作，工作，再工作。"原告B博士写道："亲爱的，吻你，吻女儿。"

H法官笑了，被告B博士是假的，因为机器人没有感情程序。

《科幻世界》，1993年第1期，方人改编

兰花迷踪

吴 琪

S市警察局侦察科科长王永茂，侦察员梁明和邹雪分别乘坐3辆气垫摩托警车来到中国兰花研究所。所长张超一见他们，立即请他们到3号实验室。所长焦急地说："今天早上，研究员杨晓云发现正在培育中的'宇宙兰'不见了12盆。另外，保险箱内关于培育'宇宙兰'的资料也不见了。但抽屉没有被撬的痕迹，钥匙也仍在我身上。'宇宙兰'是征服太空的一种'武器'，一旦它能适应各种恶劣环境，那么人类进军太空的试验就有眉目了。"

科长王永茂拿出一个巴掌大的"电子警犬"，让它接触屋里的空气。结果，电子警犬受到某种强大的电磁波干扰，嗅觉失灵。就在此时，电话铃响了。张超拿起话筒，对方说："我是热带动物研究所所长江子宁，请侦察科科长王永茂立刻来我这儿。"

原来，热带动物研究所也发生了一起案件，几十个动物品种被窃，现场也没留下任何痕迹。

王永茂到动物研究所现场侦察后，对案情做了分析。两宗案件

发生在同一天的同一时间，被窃物同是热带生物。电子警犬在两处案发地点都受到了电磁波干扰，在如此短时间内能盗窃这些重量不轻的东西，绝非一人所为。于是，王永茂提出：全面侦察，撒开大网。同时，他还秘密地向梁明、邹雪等几个骨干侦察员布置了任务。

经过侦察，梁明找到一条线索。在兰花研究所附近，有一位妇女在12点55分左右发现天上闪过一道雪亮的光芒，她觉得右手臂一阵剧痛。过后，伤痛处留下一道暗红的瘢痕。

王永茂听后，立即请外科医生检查。经诊断，那女人的右手臂确实是昨晚子夜时分被灼伤的。王永茂打电话给卫星监测站站长钟林，问他们有什么新发现。回答是昨晚零点24分32秒与鸟林其星球人联系的3号联络台所有扬声器发生故障，屏幕上鲜红璀璨；零时30分32秒，扬声器恢复正常。

王永茂激动地说："兰花案可能与外星人有关。"他果断地下令："走！上天梯去！"天梯是通向宇宙空间的一种高级设备，在赤道上空与地球同步轨道的宇宙站上。

王永茂一行乘坐高速活动板到达赤道。他们跨入天梯，大家只觉脚下微微颤抖。不久，他们到达鸟林其星球。才跨出梯门就听到："欢迎！远方的客人！国王派我来迎接你们。"迎面走来的是位东方女郎。

一路上，到处荒芜，不见生物。走了一段路，前面出现大片楼宇。大家走进大楼，脱下宇宙服，虽感觉氧气充足，但空气中好像缺少负离子，颇为憋闷。忽然，显影壁上出现一个阴影，那是一个很像地球人上半身的侧影。他的声音低沉："我代表鸟林其人向你们致意！我叫易桑尼，是鸟林其的国王。你们那里的兰花和热带动物是我们偷的。我们有苦衷，全国臣民，包括我，都患上了'缺生症'，这是缺少大自然环境造成的。得了这种病，人会头痛、耳鸣、呼吸不畅、视力减退、全身疲乏……由于我们忍受不住痛苦，只好派人去偷……"

听完国王一席话，王永茂思索良久后说："这样吧！我们将宇宙兰和资料带回去，然后派人帮你们改造星球如何？"国王十分感谢。

当王永茂回地球后不久又一次与国王通话时，国王的声音已充满了快乐："绿色和平组织科研队已经来鸟林其了。"

20年后，王永茂接到国王来信。信中说：在鸟林其苦难时，你们首先伸出援助之手。现在这里又呈现出生机勃勃的景象。让我们携手为进军宇宙而工作吧！

《告别地球》，少年儿童出版社，1993年3月，修棣改编

未来学校

吴兴雄

我和李叔叔去未来学校参观。那是刚建成的第一所现代化的科学学校，里面一切设备都是现代化的。我们刚走进校门，学校的电脑主人则从里面出来欢迎我们。

我惊讶地问："你怎么发现我们的呢？"

电脑主人说："你看，安在门口的'眼睛'。它会把你们的一切行动拍摄下来，输入我的电脑，我就知道了。现在，请你们把头盔戴上，走远了可随时通话。"

我们戴上头盔，在他的引导下，来到教学楼。走到楼上，透过玻璃，看见在每个同学面前，都有一台电视机。每张桌子都用玻璃隔开。电脑主人介绍说："这玻璃是隔音玻璃，即使外面大声叫喊，里面也听不见。这玻璃是单向透光的，看里面清清楚楚，里面的同学却看不见外边的人。"

我有些疑问："这里怎么没老师上课？"

电脑主人说："同学们桌前的电视机是和分电脑相连的。当天的课程由我的主电脑安排后输出信息，分电脑就像老师一样在电视屏幕上耐心地给同学们讲课。学生可以用耳机听'老师'播放标准发音，也可将自己的发音录下来，对照改正。学习中有什么困难和疑问可当堂提出，分电脑会立即引导解答……"

我们上了一层楼，见一个年级同学每人都拿着像盒子一样的东西，在用玻璃制成的"小房子"里学习。电脑主人介绍说："教室里的每个'小房间'都是隔音的，互相之间是听不见的。现在你们能听见声音，是因为戴在你们头上的帽子的特殊作用。"

在电脑主人的引导下，我们参观了体育馆。夏天在里面锻炼很凉爽，冬天几乎可以不穿厚衣服。听电脑主人说，这体育馆并没有安空调机，而是这房子建筑材料的特殊作用。我们还去参观了"视力宫"，是专门为同学们医治近视眼而设置的。一个机器人医生坐在上面，检查患者的眼睛，凡眼睛近视的同学吃"复视丸"，视力就会好转了。

我们的参观结束了。我向电脑主人说："今天我不但受了教育，还开了眼界。"

《告别地球》，少年儿童出版社，1993年3月，修棣改编

底楼17层

吴 岩

　　时钟敲打0点时，公孙成才从隐蔽地走了出来。他穿过大厅，钻进电梯，然后开始下降。

　　3个月前的一个下午，他正在酒吧柜台前为客人调饮料，对面电梯间的指示灯在胡乱闪烁。起先他以为电梯坏了，因为仅有4层地下建筑的购物中心不可能有向地下10层运行的电梯。让他吃惊的是，那电梯居然在地下17层处停了片刻。当电梯上来时，10个长得一模一样的男子竟然鱼贯而出，随后消失在人流中。从此，公孙成格外注意那座电梯。他发现每隔四五天，同样的事便会发生一次，每次运上来10个人。

好奇心驱使公孙成去做这次奇异的探险。电梯缓缓下降，终于停了下来。这里与地表的大厅面积一样，也是圆形的，拱圈墙壁上是25扇蓝色的门，门的标牌上刻着奇怪的字迹。他正准备推开一扇门时，身后响起了冰冷的声音："别轻举妄动！"回头一看，是他的顶头上司餐饮部王经理。

"我观察你好几周了。10年里，你是第一个发现我们秘密的人。"王经理说着用手往自己脸上一撕，揭下了那张橡皮面具。他继续说道："底楼17层是宇宙交通网设在地球上的枢纽，每扇门都通往太空深处的某一地方，而我是这车站的主管。"

这时，大厅中响起一阵"叮咚"声，蓝色的门打开了，一串迷蒙的人影从虚空中鱼贯而入。王经理扣动了扳机，公孙成应声倒下，像掉进深渊。醒来时，正值第2天上午，购物中心正迎接新一轮顾客，公孙成揉着眼睛走出放拖把的房间。餐饮部一片繁忙，王经理满面笑容，用嘲弄的眼光望着他。此时，公孙成好像记起了什么。

《科幻世界》，1993年第11期，方人改编

老子幽灵汽车

吴 岩

卷宗有950页，完整地记载了关于幽灵汽车的27个案件。

最早发现幽灵汽车的是深圳市罗湖海关。他们报告说，从香港进关的车流中有一辆可疑的红色车欲强行闯关。在警察进行武装堵截时，这辆流线型水滴体小轿车突然"化作一股轻烟"消失了。

此后，幽灵汽车不断在全国各地的大小城市出现。它的玻璃是不透明的，看不清里面坐了几个人，也不知道它在什么地方加油和维修。公安部甚至印刷了带有水滴车照片的通缉令，但仍然找不到

这辆肇事车子的踪迹。

负责本案的是退休老警察马思协。他用放大镜仔细研究一张幽灵汽车的照片。这是一个摄影爱好者无意中拍摄下来的。突然，照片上的车玻璃窗外的小白斑引起了马思协的注意。

1个小时之后，按他的吩咐放大的照片送到了马思协手中。正如他所预料的，车子是无人驾驶由全电脑控制的。然而，最让他惊奇的是，车子的座位上有一本打开的书。马思协取出放大镜，逐字逐句辨认，并一个字一个字地念道："道常无为而无不为，侯王若能守之，万物将自化……天那，这不是老子的《道德经》吗？"突然，"他茅塞顿开。

《道德经》是春秋战国期代老子写的。这是一本哲理非常深刻也非常奇怪的书。几千年来，每一个读它的人，都能从中得到不同的东西，也能体会到其中还存在着更加深刻、无法探明的道理。

马思协打电话给中国研究《道德经》最权威的专家、现居于香港清水湾的房顺理先生，得知多年来房先生的最大心愿是揭示《道德经》之谜。原来，正是房先生的那辆最先进的电脑汽车偷偷地解开了《道德经》的秘密，了解了"道"的本源。道到底是什么，过去学者们有许多推测，有人说是事物的规律性，有人说是一种气，有人说是宇宙的运动法则。幽灵汽车上的电脑一定比这些解释都更进一步，因为它可以利用"道"的力量，使自己神秘地消失。

一天傍晚，幽灵汽车再度出现于交通繁忙的25号马路口时，一股由无线电、微波等各种射线组成的强大信息流朝它发射了过去，打乱了幽灵车内电脑的正常运行。于是，追捕了近两年的幽灵汽车第一次失去了正常控制。快速反应警察部队撬开了汽车的外壳，并以最快的速度终止了电脑程序的运行。

《少年科学画报》，1993年第11期，肖明改编

点铅成金

吴　刚

近来我市黑市黄金买卖十分猖獗，影响了正常的金融市场秩序。为此，有关部门对黄金黑市进行了一次大规模的"围剿"，抓获黄金贩子13人，搜出黄金共计143.1826千克及人民币数十万元。

在审问过程中，又出了新的问题：他们手里的黄金是通过本市南郊一个姓骆的人平价买进的。我看完交代材料后，不禁想起了老同学骆禾惠。他在4年前就继承了数十万美元的遗产，犯得着去干违法的事吗？骆禾惠性格内向，工作认真，只是在一年前，离开了研究所，买下南郊的一幢房子，整日闭门不出，像在研究什么东西。但是由于证据确凿，公安部门还是拘捕了他。

在法庭上，骆禾惠对向黄金贩子提供黄金一事供认不讳。但当问他黄金来源时，他却表示无可奉告。审判长坚持要他回答，无奈之下，他才说出了黄金的来源。

原来，早在中学时代，骆禾惠就从一本书上看到：铅的原子结构与金的原子结构十分相似，只不过铅的原子序数比金多了3个。如果从铅元素中打掉3个原子核里的质子，那么，铅就变成了闪闪发光的金。但将铅变成金的关键是要拥有一种能分离铅原子的物质，科学家们找了几十年都没有一点儿线索。

然而，在一次事故中，骆禾惠却发现了一个奇妙的现象：当几万伏高压电流冲击一个原子时，这个原子居然发生了质变，成为一个与原来的原子结构、性质完全不同的原子。

骆禾惠立刻辞掉了工作，开始研制一种原子分离中和器。但这种仪器造价极其昂贵，骆禾惠只好变卖家产，并四处借债。原子分离中和器发明成功后，他边制造黄金边卖出，用以还债。

听了骆禾惠的陈述后，众人议论纷纷，看法不一。辩护律师认为将铅转换为金，这是一项富民强国的发明。合议庭经过紧张的评议，一致认为骆禾惠无罪，予以当庭释放。

《告别地球》，少年儿童出版社，1993年3月，修楝改编

崂山小道士

吴征勇

外星人即将离开地球时，决定帮助一个地球人实现一个愿望。

A君得知后，喜出望外。他声称在崂山学艺没成功，没学到穿墙术，要外星人给予帮助。外星人给他一个布满按钮、指示器和导线的黑盒子，只要把导线接到相应部位，按下开关就可以了。

A君一试，非常灵验。他没有赚钱的本事，又没有得大奖的运气，每天提心吊胆地干偷偷摸摸的事。这回有了外星人的帮助，就能靠这只黑盒子大干一场了。

第二天，他相中了一家五星级宾馆，那里住着不少老外和大款。等到深夜，A君带了大麻袋进了宾馆，他要从上到下进行层层扫荡。

A君进入第一间房间，把钞票、首饰一扫而光。他一间间搜索，越拿越高兴，越拿越胆大。A君喜滋滋地抱着一大堆财宝，准备穿过前面一堵墙，进入隔壁房间。谁知一脚踩空，掉了下去。

为什么不数一数每一层楼到底有多少个房间呢？

《科幻世界》，1993年第10期，方人改编

隐形衣

夏双明

　　警察局严局长桌上的报警器响了。荧光屏上出现了Y. X. Y研究所的李所长，他焦急地说："研究所助理研究员周明被害，隐形衣和图纸被盗……"

　　严局长接到报警，率领侦察员立即赶赴现场。李所长带着严局长来到中心实验基地，指着荧光屏上显现的戴头盔拉链式的运动衣说："这就是隐形衣。只要穿上这件衣服，周围便会产生特殊的'场'，能使光线扭曲，绕过人体达到隐形目的。但穿此衣服的人，却能看清外界物体。"

　　严局长从红外线摄像机摄制的录像带中看到：在周明拆除报警器盗出隐形衣及图纸的同时，一个蒙面人突然赶到周明身边，将隐形衣及图纸夺走，并杀死了周明。

　　在研究上述案情时，严局长又接到U. F研究所的报警。黄所长说："今晨，在U. F飞船研究室，发现警卫被害，保险柜里U.F飞船图纸不见了。幸好飞船出去试飞，3天后返回。"

　　严局长与助理小王对两起案件进行分析，认为作案者是"YSR"，他与周明是同伙，利用周明盗走隐形衣，随后又使用隐形衣杀死U. F研究所的警卫，撬开机库的门，企图窃取U. F飞船。不巧，飞船正好出去试飞，因此作案者YSR下一步很可能仍去偷U. F飞船。于是决定待U. F飞船试飞结束后，要加强对飞船的保卫工作。严局长向小王布置了任务，并叮嘱他注意保密。

3天后，U. F飞船准时返回研究所机库。警卫员紧握激光枪，警惕地注视着四方。突然，机库的门锁被激光烧毁，门自动打开又关上。就在这时，飞船上闪出火花，立即显现出一个戴头盔、穿运动服的人，此人就是作案者YSR。这时飞船后面的墙忽然裂开了，冲出几个手持激光枪的人，把枪口对准了YSR："你投降吧！"

原来，这就是严局长的计划。当真飞船返回后藏在机库下面，而把假船停在机库里，并给带上高压静电。当"YSR"来盗飞船时，YSR一触及它，隐形衣里的微电脑立即被击毁，隐形衣也就失去了隐形作用。

YSR是S国派来的王牌间谍，而周明只是S国的一名不起眼的情报员，为了不走漏风声，YSR便杀人灭口。

不久，外交部向S国政府发出了严正警告。

《告别地球》，少年儿童出版社，1993年3月，修楝改编

星际战争中的间谍

星　河

在人类与外星人决战中，我是个间谍。昨天，我又发现一具卡巴人的尸体。他想偷保险箱中那份人类防御计划文件，被电击致死。

特工头儿召见我，说那个卡巴人是只身来的，没有同伙。他要我替代那个卡巴人把一份假防御计划送到卡巴人的总部。

我接过计划，像卡巴人一样，用触手上的吸盘吸住车身出发了。在进入卡巴人总部之前，我被带进了"鉴别室"，以验明正身。人类的现代分子技术使我的皮肤与卡巴人一模一样，使他们对假情报深信不疑。我被倒挂在树上，这对卡巴人来说是一种最高奖赏。然而，要是人被倒挂，时间一久会脑出血的。

　　战斗打响了，卡巴人向山下的地球部队发起了进攻。卡巴人很狡猾，他们发起佯攻以探虚实。结果，他们的先遣部队伤亡惨重。卡巴人首领对着我大发雷霆，我则以名誉担保防御计划的真实性，还力劝他们把所有部队投进去。

　　卡巴人首领更加怒不可遏，用卡巴语对我大声叫嚷："你是间谍！"

　　完了，我必死无疑了。卡巴人准备用刀来查验我的内脏。他们把刀插进了我的肌肤。啊，真疼啊，我失声痛叫。

　　刀在切割着我的肌肤，我听到一声惊呼："他是卡巴人！看他的内脏、腔管，还有组织液。"

　　我是人类现代分子生物技术的结晶，通过克隆技术，用那个卡巴特工身上的体细胞速成的，身体与卡巴人毫无二致，只不过控制思维的基因已被替换。卡巴人首领下令："让他速死，减少他的痛苦。"同时，我又听到他下令，"按原计划发起进攻。"

我的目的达到了。我为人类做了一个机器人所能做到的一切，死而无憾了。

《科幻世界》，1993年第2期，方人改编

通过宇宙中转站

星 河

金灿灿的宇宙中转站像一个飘浮在太空深处的巨大车轮。威威随父母飞往冥王星后，已经是第二次经过这里了。这次，他要利用假期回地球看望爷爷奶奶。

飞往地球的航班要两小时后才起航。他信步向发射区走去，可是每个门口都有机器人把守。威威没有办法，只得转身返回候机厅，来到一排游戏机前。

这是一架用弹子来弹的游戏机，游戏名叫"射击群星"。只要将弹子装入枪膛，瞄准中转站外的靶星发射就行。威威装了10颗弹子，打了8次都未中。当他再次往枪膛里装弹子时，发现发射区的小门打开了，一个工作人员走了进去。威威趁此机会走进了小门。

各式各样的飞船展现在眼前，威威怕工作人员发现自己，就躲在阴影处。那人将一些小"糖豆"按在一艘小型飞船的发射架上，然后掏出一件工具去撬驾驶舱的门。威威感到这不是工作人员干的事，就偷偷地取下那些糖豆。

当威威摘下最后一颗糖豆时，一个胖子跑了进来，对那人说："炸药放好了吗？"那人回答："放好了，5分钟后起爆。发射架

一断，飞船就全凭咱们操纵了。"原来，他们是两个盗船犯。

"不会炸着咱们吧？"胖子担心地问。那人回答："不会。除非把那些塑性炸药揉到一块。"

威威张开手一看，糖豆早已被他揉成了一团。威威心里明白，5分钟之内是不可能把整个事情的前前后后对星际警察讲清楚的。他赶快爬出船底，直爬到门外才撒腿狂奔，径直朝"射击群星"游戏机跑去。

当威威领着星际警察来到那艘小型飞船外时，胖子正在大骂那个放炸药的家伙没有用。威威再次张开掌心，上面已浸满了汗水。

《我们爱科学》，1993年第3期，音子改编

众里寻她千百度

星　河

我的"心上人"梅玫在我的研究行程将结束时，突然消失了。我没有报警，种种迹象表明她是被独居在地下宫殿中的科学狂人马独尊劫走的。

为救出梅玫，我单枪匹马地杀了进来。一路上，我用激光枪射倒一群群机器人狙击手。来到通道口时，有一位"似曾相识"的漂亮女孩儿向我招手。

我跨步迈进通道，这是一条流动的传送带。

"你一路上挺英勇！你一定要到总部吗？"姑娘打量着我，问道。我点点头，姑娘指指脚下的传送带说："这儿正好有条去总部的近道。"

姑娘自我介绍说，她叫马薇玮，是马独尊的女儿，还说我一路上都在她父亲监视下。她告诉我，这是一条她背着父亲修建的秘道，可免遭窥视，因为她不愿总受父亲的约束、监督。传送带在减速，我估计快到总部了。

　　马薇玮告诉我，我的心上人梅玫已移情别恋了，还拿出一张全息照片来证明。照片上梅玫和一个男人相拥在一起，我不相信这是真的。马薇玮说，梅玫是她姐姐，是她父亲派她来到我身边，让我和她父亲合作，培育出可控制的克隆人。

　　马薇玮说得我心烦意乱，因为她说得太像真的了。我问她让我凭什么相信她，而不相信她姐姐呢？她转身去摆弄电视，插进一盘录像带，荧光屏上的画面全是刚才那张全息照片的翻版。我感到撕心裂肺，抄起录像带，把屏幕砸得粉碎。她跳下传送带，朝一处凹壁走去，我也跳下传送带，跟她走了过去。她在一扇钢门前停了下来，对我说："你不相信吗？你看吧！"她按下一个电钮，钢门向两边退去，单向玻璃那边的情景栩栩如生，恰似那盘录像的拍摄现场。我扑过去按下电钮："这是假的！"

　　"别骗自己了，你醒醒吧！"

　　我泪如泉涌。她问道："你现在是想进总部，还是愿让我送你回去？"经历了这场情感浩劫以后，我的心已脆弱到极点，极想逃离地狱。

　　"谢谢你，孩子，谢谢你把他带来了。"马独尊的声音在我头顶响起。我抬起眼睛，盯住马薇玮。她却说："不是的，不是这样的！"

　　"你以为我真不知道秘道传送带？"无形的马独尊以父亲的口吻教训着马薇玮。"除了录像设备，还有伴音装置，我一直在倾听你们的谈话。"

　　马薇玮和我如两尊铜塑，一动不动，僵立无声。突然，她一把将我推上传送带，然后死命地扳下反向开关，她被弹射到空中，又坠落到传送带上。传送带快速地向外飞驶，我俯身托起她血肉模糊的身体。她费力地睁开眼，有气无力地对我说："你肯定能出去！"

　　我点点头，问："你希望我出去？"

"本来我也希望能说服你留下。但是父亲说了那些话，我必须送你出去。我不想让你觉得我也和姐姐一样在骗你。"

"你做的一切都是为什么？"

她的面部表情极度痛楚。在她合眼之际吐出最后一个字："爱。"

《科幻世界》，1993年第10期，方人改编

E星人过海关

星星仔

为不让E星人从地球走私文物，地球科学家想出各种办法检查E星人的行李。但是，E星人还是想出了更高明的办法把地球文物带了出去。随后，联合国下令，不准E星人携带行李出境。

智慧的E星人立即发明了一种药，服药后，E星人能变成像地球人一样的人。甚至E星人还变成某国总统、大使，大摇大摆地走过"外交人员免检"的红色通道，把文物带出地球。

地球人几乎无计可施了。对E星人颇有研究的古博士，翻阅《契诃夫小说集》，读到《小公务员之死》时，忽然得到灵感。小公务员因为在不适宜的时候，打了一个喷嚏而死。于是，地球海关增加了一个检查项目：闻鼻烟。

E星人闻到鼻烟，也会打喷嚏。由于E星人打喷嚏产生的冲击力比地球人大百倍，一下把E星人弹射到天花板上。在天花板上则有个网篮，专门接收伪装成地球人的E星人。

古博士的发明，荣获了联合国的嘉奖。

《科幻世界》，1993年第10期，方人改编

神秘的 "ZBJ"

熊 昕

平时考试不及格的丁丁，现在门门考试100分，这是怎么回事？

还得从头说起。一天晚上，丁丁睡不着，正为明天的考试发愁。一位金发爷爷走到他床边，给了他一个作弊机 "ZBJ"，只需按下红色按钮，对它说不会做就行了。丁丁怕同学们知道，金发爷爷说："不用怕，这里有只蝙蝠，我把它的听觉系统切下来，放在你耳里，使你能听到其他人听不到的声音。要是你遇到了问题，就叫：'金发，金发！'我会出来见你。"

丁丁拿着作弊机参加了考试。考完数学，丁丁对同学们说，保证得100分，大家不信。后来，语文、英语、数学丁丁都得了100分。大家觉得奇怪，把事情经过告诉了物理老师。物理老师发现了一只死蝙蝠，猜到是怎么回事。老师想给丁丁一个机会，想了个办法，发出干扰波，使丁丁的作弊机不起作用，结果，丁丁的物理得了0分。老师把丁丁叫进办公室，说："你以后不要再这样啦！"丁丁的脸刷地一下红到耳根，不好意思地说："我错了，今后一定好好学习。"

放学了，丁丁大声叫喊："金发，金发！"金发爷爷出现在丁丁面前。丁丁说："我不要'ZBJ'了，还给你，我今后要用真本领考试。"

《科幻世界》，1993年第1期，方人改编

傀儡血泪

许顺镗

京师之中，谣言纷飞。三大家族中的朱家，一夜之间死了13条人命，而且死的都是朱氏家族中的首脑人物，包括朱家庄的庄主朱河。这13人身上的伤口完全相同：胸口上一个深达1寸的血掌印，脸上像是被人一拳打出了一个血洞。谁有这么大的力气？

有个谣言流传出来：是傀奴杀了这些人。因为每个人都知道傀奴的力气大过常人10倍。然而，每个人也知道，傀奴不会听命去伤人。

有个传说提到了一本叫《傀儡神经》的书，说这本书有一种解脱傀奴桎梏的方法，它可以提升傀奴的体能到数十倍，甚至叫傀奴去杀人。如果杀人的真是傀奴，会不会是因为有人获得了这本书呢？

三大家族的另外两家，赵家和亨利家都相信这个传言。

夜晚，朱家庄的大厅里聚集了许多人。其中，半数是赵家和亨利家的人，余下的是一些知名的江湖人士和他们的傀奴。

赵庄主肯定凶手就在这大厅之中。他说："朱家庄有位妙手神偷朱锁，他在这次血案中也不幸丧命。我赶到现场时发现他左手紧握，掰开手心一看，是一把钥匙，傀儡屋的钥匙。傀儡屋共有5道锁。从前，五大家族各执一把钥匙，但唯恐遗失，每一家族都握有另一家族的一把钥匙，以便遗失时复制，所以钥匙共有10把。自丁家被抄家，刘家没落之后，傀儡屋换装了5道锁，三大家族各执两把钥匙。朱锁手上那把就是朱家和亨利家共有的。"赵庄主认为，那把钥匙一定是朱锁在死前从凶手身上偷来的。为此，他指责亨利庄主是凶手。

亨利庄主正要据理反驳，可是他却发现自己一点儿力气也使不出来了。其余众人也是气力全失，只有赵家的人不受影响。

赵庄主说道："诸位好友不必猜疑，这只是一种无色轻烟，会使人暂时失去气力，等这事有个了结，自然会给诸位解药。"他又转身对亨利庄主说，"我再放一些轻烟，就会让你说不出话来……"

亨利无可奈何地交出了《傀儡神经》。赵庄主看完这本传说中的奇书后说："我想我们该把它烧了，以免留下后患。你同意吗？亨利庄主。"

"我不同意！"一声长啸回答道。声音来自厅门口，众人回头望着厅门。这次赵庄主发现自己一点力气也使不出来了。说话的人是朱河——朱家庄主，在他身边则是另外12个死者和他们的傀奴。

原来，这一切都是朱河安排的。"为了让你们死得明白，我就把事情原原本本地说出来。"朱河道，"16年前丁雨山那个家伙，做了几年傀奴生意，却想收手不干。万一他把傀奴的秘密说出去，大家不是没饭吃了吗？你们知道傀奴的原料是什么？是人，送一个活生生的人进傀儡屋，出来就是一个傀奴，这种生意多好做。"

朱河继续说道："亏他做了几年生意，竟然连人和傀奴都分不清。我派一个手下假扮傀奴待在他身边，他居然看不出来。我又把丁雨山要收手的事告诉刘德，刘德跑去和丁雨山吵了起来。我的傀奴手下找到机会一掌结束了刘德的性命。待丁雨山惊慌逃跑后，他把刘德的内脏捣得稀烂，又把真的傀奴送回现场。结果，丁雨山被捕，一去不复返。"

此时，朱河面露笑容，更显诡异。他又说道："再说16年后吧！赵庄主想到亨利庄主可以复制钥匙，却忘了我也可以。谁会想到死去的那人做了手脚呢？你们只知道傀奴不能伤人，却不知道变通。我把人用草席包起来，叫他们用力朝脸的部位打，他们会以为像打面粉袋一样。许久以前我就知道《傀儡神经》在亨利家。但是，祖父早告诉我那只是废纸一堆。如果《傀儡神经》只是废纸，我要它！"

朱河走向赵庄主，不妨背后有一团灰影冲出，那团灰影夺过赵庄主手中的《傀儡神经》，却因气力不继，跌坐在地。朱河抽出长剑指向那灰影，原来这是一位灰衣少年。朱河背后却又有一灰影窜出，一剑指向朱河后心。朱河侧身回首，见是一灰衣傀奴，便叫围上来的朱家庄人退下。

原来，那灰衣少年就是丁雨山的女儿丁雪。她从懂事以来，心中时刻记着：三大家族杀了父母，灭了丁家，一定要报仇！

"阿山！"丁雪叫了大汉一声。大汉一剑刺出，剑身由朱河背后刺向胸前。这次他真地死了。

丁雪望着朱河的尸首道："阿山从小陪我玩儿到大。当你们来抄我们丁家的时候，他突然发狂地抱了我逃了出来。我要这本书就是想知道阿山为什么会有人性，我永远也不会知道你们为什么会这么没人性……"这时，朱家众人蜂拥而上，丁雪突然一喝，阿山马上把围上来的朱家庄人全缴了械，并打倒在地，因为他是个能杀人的傀奴。

丁雪又叫阿山把三大家族的人全绑了起来，并说，请诸位好自为之。

灰衣大汉背起了灰衣少女昂然走出大厅，抛下了所有仇视和感激的目光。

从朱家庄回来后，丁雪已把《傀儡神经》读了几百次。这是她第一次读给阿山听：

我满怀罪恶感地写下这本书……在一场空前的核战争之后，我们这些人类的孑遗在垂死挣扎。可笑的是，在铅板包装的城市中，我们却仍必须依赖核能生存，放射性元素的存量日渐减少。铅板外面数十千米就有丰富的矿藏，我们派出过探险队，从未有人生还过。我们需要一种强有力的智慧生命，能跋涉数十千米的险恶环境，带回放射性元素，而目前任何已知的人工智慧都不能胜任这一工作。

我只剩下一条路可走，大自然已提供了完整的电路——人脑。我没有选择，我不能坐视人类灭亡。我可以造出强大的人种，他们完全会听，有足够的判断力；我可以强化他们的肌肉到数十倍，我可以把一切不适用的机能完全停止。他们的寿命会很短，但只要他们能活一天，就能把我们需要的能源带回来。

我不知道如果人类生存下去，这个新人种会受到怎样的对待。如果人类能生存，新人种一定会被视为财产，他们的后代一定会再被改造成新人。天啊！我做了什么？

还有一种可能性。他们新皮质未被使用的部分，会发展出正常人所有的功能区。他们会形成情感：哀伤或愤怒。可怕的是，他们具有超人的体能，有一天如果他们知道了自己的待遇，会怎样对待旧人类呢？天啊！他们都是我的子孙啊！上帝饶恕我！

丁雪问："阿山，你听得懂吗？"阿山摇摇头。

《台湾科幻小说大全》，1993年6月，
福建少年儿童出版社，肖明改编

五 楼

徐霞霞

一天，我放学回家，登上我家宿舍楼第五阶楼梯时，见到阶梯上有四个粉笔字："天上有人！"沉思中，我登上第二层楼，又看到第五阶楼梯上出现几个字："天上有坏人！"

我快步爬上三楼，在第三层楼梯上出现了让我更吃惊的大字："天上还有好人！"我急登上四楼，红色粉笔写着："好人坏人正打仗！"我向五楼狂奔，看见我家门前最后一级阶梯上写着："我回不去了！"

　　我看见在那行字上面的楼梯阶上坐着一个穿粉红色衣裙的小姑娘，真难想象，搞恶作剧的竟是这位小黄毛丫头。我轻声问："你怎么一个人坐在这里？你是谁家的孩子？"她奶声奶气地说："我是天上好人的孩子。"我听后哈哈大笑："想冒充外星人？""不，我是天上人，家住粉红小区的母机上。"小姑娘还说，那儿全是飞机。她从小书包里掏出一架粉红色小飞机，说："坐在这架小飞机上就会到我家。"

　　我裹紧裙边，开玩笑地对准小飞机坐下。神仙也难料，这一坐却是有去无回，我惊得几乎窒息了。小姑娘骤然消失，不见天，不见地，一切成了银灰色。宇宙射线交织成光栅，轻易地穿越我的身体，我只能通过大脑感知我的身体。身边有条粉红色的扁体

虫，身体两侧长着两串脚（也许是手），头部像月亮，又像小姑娘的笑脸。她举起一只手，在侧面空间用粉红色发光线段写道："受我母亲之命，邀请你——地球上的神灵，用四维时空的立体智慧和神力帮助我们赢得战争。"

《科幻世界》，1993年第6期，方人改编

阴　谋

杨建国

老朋友道尔告诉考雷一个赚钱的机会，只要把空气、水和土壤加工运走，每月可得100万元。说罢，道尔从怀里掏出100万元的支票，算作第一个月工资，考雷心动了。第二天一早，考雷去政府大楼，交了辞职书，辞掉了工作。

考雷驾着车，来到道尔所说的那家加工厂，见到门口挂着"乔治·考雷社会环境服务公司"的牌子，他感到奇怪。道尔说："公司主要制造净化空气、净化水和优质土壤。你就是公司总经理，只要定期签发一些文件就行了。公司的生产和销售由克雷克负责。"说罢便把一个表情严肃的年轻人克雷克介绍给了考雷。

克雷克低着头，不说话。道尔把克雷克打发走后，就告辞了，说是老板要他负责一些东方事务。此后的4个月中，考雷在公司中只是签发一些文件，一切工序都是现代化的，由克雷克负责。尽管考雷签发过很多进出货文件，但他一次货也没有见过。考雷每天与妻子、孩子一起，在公司的豪华别墅里过着快活日子，他心满意足。

一天，考雷看到《每日时报》上说，日本大陆一夜之间全部沉入海底。他一口气读完报道，不敢相信这是真的，一个文明国家就这样轻易地消失了。

元，还答应给他20%的公司股份。

4个星期后的一个早晨，丽娜端着她精心制作的咖啡，叫醒了正在酣睡的哈里。哈里喝着咖啡，打开电视机。电视里正在播放《时空经纬》节目，主持人正在介绍：星际开发公司代表哈里先生控告地—月飞船运输公司，非法占用他人土地，星际开发公司以鲜为人知的证据胜诉。原来，200年前，哈里的曾祖父布里安·哈里博士为研究月球构造做出了重大贡献。当时的美国政府为表彰其成就，将月球上用"哈里"命名的土地奖给这位月球专家，作为私人领地，他拥有永久的使用权和继承权。当时，那只不过是一种荣誉象征，在土地使用权证书中也没有注明土地大小。200年来，月球上布满了用"哈里"命名的土地，一直被认为是联邦公有。现在，哈里先生拿出了当初关于"哈里"领地的所有权证书，根据联邦遗产法，哈里可合法继承这一权利。而地—月飞船运输公司的25个运输基地，侵犯了哈里的月球土地所有权，将赔偿哈里100多年土地占用费。地—月运输的垄断权也已被打破，这项运输任务由哈里所在的星际开发公司获得。在这场争夺垄断权的竞争中，最受伤害的除了地—月飞船运输公司外，还有为其垄断权保险的联邦保险公司。该公司面临破产，托尼经理开枪自杀了。

丽娜听了电视节目主持人介绍后，激动地称哈里为"了不起的天才、魔鬼"。哈里则一把把她紧紧抱在怀里。

几天后，联邦银行收到一笔巨额存款，是新近孀居的丽娜·哈里夫人汇来的，其项目是：遗产。

《科幻世界》，1993年第9期，施鹤群改编

出气筒，辱骂客户。随即，托尼经理宣布：哈里被解雇了。

哈里被赶出了保险公司，到对面一个酒吧间，要了瓶烈性酒，喝了起来。酒吧的大屏幕电视正在播放《时空经纬》节目，主持人正在介绍地—月飞船运输公司。地—月飞船运输公司的前身是200多年前的美国航天公司，由于技术先进、信誉好，被授予独家经营地球至卫星之间的一切运输任务。此后，联邦体制逐渐形成，根据遗产法规定，任何企业、个人可继承联邦体制形成前的合法权益。于是，该公司继承了地球至卫星之间的一切运输任务，并改名为"地—星"飞船运输公司。联邦保险公司还同意为其垄断权进行保险。

随着星际运输的发展，星际开发公司为申请地球—月球运输线和地—星飞船运输公司发生了冲突。结果，星际开发公司败诉，理由是月球为地球卫星，地—星飞船运输公司享有垄断权。以后，由于月球地位越来越重要，地—星飞船运输公司更名为地—月飞船运输公司。公司在月球上开发了25个运输基地。其中，哈里24、哈里25两个基地技术设备最先进。

哈里听了电视节目主持人的介绍，思绪翻腾。他要打破地—月公司的垄断权。3天后的早上，哈里带着一个包得严严实实的小盒子，来到星际开发公司，说要找经理，他能打破垄断权。丽娜听说他能打破垄断权，便给了他10分钟和经理见面的时间。

10分钟后，哈里从经理室里走了出来，他带的小盒子却不在了。闭路电视里传来经理先生的声音，要丽娜通知财务处，给哈里账户上汇100万元，还给丽娜一个月假，陪哈里先生好好玩玩，丽娜一下子愣住了。

丽娜向哈里打听秘密。哈里说，他进去后，给经理讲了些联邦遗产法的相关规定，然后打开小盒子，申诉了自己的权利，说明了他可以得到的利益。经理打电话给法律顾问后，就给了他100万

正在他低头沉吟时，老朋友道尔回来了。道尔一进门便说饿极了，要给点吃的。道尔狼吞虎咽吃完了考雷的妻子端上来的咖啡和三明治，说道："考雷，我们上当了。"

原来，道尔刚从日本回来。之前，他去接管一个日本人的公司，这家公司中也有一个长得和克雷克一模一样的助手。道尔在公司的车间里见到一个无底大洞，里面的东西全被掏空了，飞碟把大批制成的空气、水和土壤成品运出地球。这时，道尔才明白，自己成了外星人掠夺地球的帮凶，便赶紧赶回来，想不到日本已经沉没了。

考雷听完道尔的叙说呆住了，说要揭露他们。道尔说："除了你，谁会相信呢？"

突然，外面传来一阵响声。一道绿光过后，一个发光物体飞过。第二天，《每日时报》上登了一篇报道说：考雷一家在郊外别墅遭劫持，考雷的社会环境服务公司遭不明飞行物袭击化为废墟。

3个月后，S城沉入海底。接着，Y城又沉没了，原因不详。天文台发现大批飞碟在飞行……

《科幻世界》。1993年第5期，方人改编

遗　产

杨建国

哈里总是埋怨父母没留给他一笔丰厚的遗产，不能实现自己的天才理想。朋友们都知道他好高骛远，不切实际。哈里一心想要发财，渴望拥有自己的汽车、别墅，但他是个保险公司职员，实现不了。

一天，哈里到公司上班。负责签到的机器人要他到经理办公室去。托尼经理见了哈里，批评他干什么事都心不在焉，还把客户当

北极的冬天

杨建国

又一个人造冬天来到了格陵兰，威廉·安得森走到机器狗卡迪和电动雪橇旁。滑雪用的东西都已准备好了，他没有带多少食品。在人造雪山、雪原上定距离安放了地下食品输送网，输送滑雪者所需要的东西。

安得森套好机器狗，启动电动雪橇，开始了愉快的长途旅行。天上飘着毛茸茸的雪片，周围是千奇百怪的人造山石和雪丘，它们都是按照几百年前的格陵兰景致设置的。不过，它们留有太多的人造痕迹，失去了原有自然的粗犷美。

奇异壮观的北极光吸引了他，天空像燃起了大火，大地全被照亮了，人、狗、山峦、雪丘都变成黑影投射在红色天鹅绒的幕布上。极光突然消失，安得森觉得猛地一黑，天地都在晃动。一阵冷风吹来，他感到一种从未有过的寒意。当他再次向周围张望时，他惊呆了：人造雪景不见了，四周尽是连绵起伏、白雪皑皑的峰峦，一只早已绝踪的旅鼠在奔跑，云间出现一大群雷鸟和北极海鸥。他已经来到一个不属于这个时代的地方。

迪尔·克劳斯在冰原上不知走了多久。一天前，他发现北美驯鹿群的痕迹，已追踪了一天一夜。他知道，只要找到鹿群，就会有一批北极狼、北极狐、北极熊，这是一大笔财富。过了冬天他要到杰尔玛家去提亲，需要带上聘礼。看来，这群驯鹿是他唯一的希望了。

风呼呼刮着，克劳斯却感到一点儿也不冷。身上穿着杰尔玛亲手缝制的皮衣，再冷的冬天也不怕，杰尔玛在等他。突然，几声狼嚎，猎狗迅速从雪地站起，狂吠起来。它们抖抖身上的积雪，急速向狼群跑去。

山崖边出现一只驯鹿，在它的下边还有一大群驯鹿。它们被西坡上的那群狼追赶了一天一夜，已疲劳不堪，太需要休息了。狼群停在西边一处避风的山冈下，头狼站在群狼中，朝猎人方向示威性地嚎叫，空气中飘满了血腥。

北边山坡上，十几只北极狐在看着鹿群，血腥味使它们焦躁不安，它们只希望鹿群快点儿离开，带走狼群，好让它们饱餐一顿残羹剩饭。一只褐黄色的狐狸跑到山坡顶上张望，猎人的枪响了，它挣扎几下，不动了，又是几声枪响，3只白狐、两只红狐倒了下去。狐群被吓蒙了，四散逃跑，山坡上只留下几只北极狐的尸体。

枪声使群鹿们停止觅食，奔跑起来。西坡上的头狼也感到不安，它决定先下手为强，仰头嚎叫一声，周围几只公狼分散开来，向克劳斯围扑。克劳斯早有准备，枪响了，几只公狼应声倒下。头狼被激怒了，向猎人扑去，一颗弹粒凿进它的天灵盖，头狼倒在猎人脚下。头狼的死，使狼群四散奔逃。这样，冰原上的一场狩猎开始了。

暴风雪来到格陵兰，安得森坐在雪橇上由电动爬犁拖动着。食物吃光了，饥饿开始折磨他了。亏得机器狗身上装有核能盒，不需喂食，也不会被拖垮。早上，安得森来到了海边。

安得森盯住了一只北极熊。这只白熊正在接近一只海豹。突然，一声枪响，海豹滑下水跑了。白熊吼叫着，向躲在后面的猎人扑去，猎人拔出小刀，准备和白熊格斗。眼看猎人要被白熊扑倒，机器狗卡迪出现在白熊面前。当熊掌刚碰到卡迪的躯体时，就被击倒在地上。猎人迅速调整好枪，对白熊开了三枪，白熊的血流了出来。猎人看到那只救过他的狗向安得森跑去，便招手致意。

安得森正努力辨认眼前的猎人，这是一位古老的爱斯基摩猎人。克劳斯给了安得森干肉，带着安得森来到自己的猎屋。克劳斯用海豹油生起火，用熊肉喂狗。两人酒足饭饱后，克劳斯一边用小刀刻石刻，一边讲自己的故事。

第二天，两人套上猎狗，开始了他们的行程。两架爬犁来到一个幽深峡谷，克劳斯的爬犁撞到冰墙，奔泻的雪崩汇成雪的山洪，吞没了克劳斯和他的猎狗。而机器狗卡迪拉着爬犁拐入了另一个盆谷，使得安得森脱离了险境。

天空中出现了北极光，安得森的瞳孔中反射着北极光，只觉得自己的灵魂离开了自己的身体，飞得很高，很高，遥远的记忆恢复了。

原来，这是亨利和托尼让合成人安得森进行时空探险的实验。

《科幻世界》，1993年第10期，施鹤群改编

为儿子睡觉的父亲和为父亲睡觉的猫

杨　鹏

爸爸看着爱睡懒觉和贪玩的儿子，心想："人一天24小时有8个小时睡觉，一生有1／3的时间被睡觉耗去了。我要发明一种睡觉机，帮儿子睡觉，让他把每分钟都用在学习上。"

当仓库管理员的爸爸一下子变得很忙，他将国内外的电脑眠法、引力眠法、无线电眠法、平跖眠法等理论钻研个透，并且博采众家之长，发明了一种睡觉机。睡觉机由两个金箍组成，爸爸和儿子分别戴上一个金箍，这样爸爸开始睡觉，爸爸为儿子睡的那部分睡觉结果，通过睡觉机器里的一个特殊的微型仪器录下来，再通过特别的仪器输进不睡觉的儿子的大脑，两个人的精神合起来给一个人用。在生理学上，爸爸的大脑是儿子大脑的"生物等植物"。

爸爸很得意他的发明，他自信睡觉机能帮助儿子成为班上最好的学生。爸爸心甘情愿地替儿子睡觉，可是，天性爱玩的儿子却并

不心甘情愿地为爸爸学习。当爸爸为他呼呼大睡时，他趁机和小伙伴疯玩去了。

一次，爸爸没有开启睡觉机，装睡以监督儿子，发现儿子在他睡觉的时候不是在学习，而在玩。爸爸极为生气，心想："我必须监督他，我也不能睡觉！"可是，找谁替他们父子睡觉呢？他看到了家里养的花猫，眼睛一亮："对，让猫给我们睡觉，一天给我睡8小时，给儿子睡8小时，给自己睡8小时。"

从此，猫给父子俩睡觉，儿子在爸爸的监督下，做着堆积如山的习题。这天早上，爸爸照例把金箍套在猫头上，猫呼呼大睡起来。爸爸给儿子准备好吃的点心，鼓励儿子好好准备今天的历史考试，自己到仓库上班去了。爸爸到了仓库，泡了杯茶坐下来，就想睡觉。原来睡觉机出了故障，家里的猫醒了，爸爸反过来开始为猫睡觉。

睡觉机的故障给在考场上的儿子也带来了意想不到的后果。他拿到试卷时，其大脑的一部分开始为猫睡觉，因此思维紊乱。考试刚过一半儿，他就睡着了，老师推也推不醒他。老师在他的试卷上看到一道奇怪的答案："1449年，明朝军队在老鼠洞被老鼠包围，全军溃败。"老师再看整张试卷，所有的答案都是老鼠。考试卷头是这样填写的：

班级：老鼠　姓名：老鼠　分数：老鼠

《科幻世界》，1993年第12期，庄秀福改编

魔鬼计算机

杨陟峰

国际保安部只有3个人：部长雷诺、办事员卡洛、助手霍佳。现在，整个计算机网络系统处于混乱状态，却查不出原因。卡洛怀疑计算机网络的中枢系统——珍妮计算机出了问题。

雷诺注视着珍妮计算机的荧光屏在问话。助手霍佳听出了答话的珍妮口音不对，不是原来的珍妮。

温特教授在抱病做试验，他告诉学生丹尼尔：他把人死以后的精神转化为信息的方式，储存在某个未知次元的空间里。只要条件合适，这些信息会回到世界上。温特召回了世界上的一个恶魔，并把他的信息以程序形式输入了珍妮，没想到这恶魔开始作恶了。

荧光屏上出现了"希特勒"，保安部的3个人都惊呆了。是温特教授把希特勒从那个世界召唤回来。突然，计算机荧光屏猛然一闪，地板裂了一个大口子，3人都落了下去。

亏得3人穿着多功能护身服，他们从地板下爬了上来，闯进了温特教授的实验室。温特使出最后力气说："快按绿键！"说罢，倒在他学生丹尼尔的怀里，死了过去。

3人冲进主机室，听见希特勒说道："你们是要来破坏我的吧！请吧，按那个绿键。"3人小心翼翼地向计算机靠近，卡洛用激光枪向荧屏射击，计算机毫无损伤。霍佳扬起右脚，鞋子砸下那个绿键，鞋子却化为灰烬。此时，墙角里伸出一支枪管，3个人像被一个人用力拉扯着，重重地撞上了磁力墙。

此时，温特教授的学生丹尼尔冲进了主机房，他用手上的遥控器切断了电源。磁力墙的磁力消失了，荧光屏上的声光消失了。3

人听完丹尼尔叙说，才知道原来是温特教授改变了珍妮计算机的程序，才惹出了麻烦。

《科幻世界》，1993年第7期，施鹤群改编

星球奇遇

姚万鹏

"少年号"飞船在3天前发射进入太空。这次航行共载着5人。其中，4位是从全国航天夏令营中挑选出来的，另一位是少年号的张船长。

少年号飞船刚升入太空的第1天，就遇到一场不可抵抗的宇宙狂风。待狂风过后，飞船的大部分装置遭到了破坏，被迫降落在一个不知名的星球上。

由于通信设备损坏，无法与地球联系，他们与地球失去联系已整整3天了。船长只得自行检修。船员李清提出要求到外面观察这个星球，船长同意了。张文、李清、凌峰3人驾驶着小型登陆车，来到了离飞船1千米远的一座小山脚下，进行科学探测。

张文拿出电动挖土机挖土。突然他大喊一声，2人赶忙过去一看，只见他从地下挖出一件衣服，另一样是个头盔。他们立即回飞船汇报，受到船长的重视。第二天他们继续去那里挖掘，发现一个40岁左右、面貌像地球人的尸体。这个人仰卧着，胸前的双手握着一本笔记本。上面写着他的遗言：我叫沃力克，来自茫茫太空中的一个行星，这个行星叫格美星球。星球上的人们生活得无忧无虑，可是一位名叫米勒的人发动了战争，致使格美星球战火不断。米勒知道我是一位优秀的科学家，便强迫我为他发明战争武器。我断然拒绝，驾驶飞船逃离了格美星球。从此，我流浪太空。后来碰上了

一阵不可抵抗的宇宙狂风，把我的飞船吹到了这里。这时，我的飞船动力快消耗光了，于是只好对这个星球进行一系列的考察。可是后来，我的飞船被风沙埋葬了，我的身体也快不行了，离死亡的时间不长了。

张船长念完沃力克的遗书，朱波等人默默地看着这位外星人，心里充满了对他的敬佩之情。第二天，他们用红外线探测仪四处寻找飞船，可一无所获。寻找飞船的第四天，忽然见远处一大片黄沙正迅速向这边移动，显然是一场飓风。他们赶紧趴在登陆车上，待飓风过后，原先的大小沙堆全移走了，露出一截圆柱形的银光闪闪的物体。大家过去一看，原来是沃力克原先乘坐的飞船，只见里面十分宽阔，布置得井然有序。检查结果，除燃料不够外，其他一切正常。于是他们决定把少年号的燃料分给它一半。

过了3天，"少年号"的动力装置修理好了。张船长带着朱波驾驶沃力克留下的飞船，少年号由张文、凌峰、李清3人驾驶返回地球。两艘飞船升入空中后，张船长等人默默地看着沃力克的坟墓，心里念道："别了，沃力克。别了，不知名的星球。"

《告别地球》，少年儿童出版社，1993年3月，修棣改编

戏

叶李华

纳兰华小姐研究电子犯罪心理已快10年了。她决心走出象牙塔，1年前就开始与SDI总部的人事单位联络，直到今年3月才接到面谈通知。几个月以来总共面谈了5次，这才正式通知她去参加测验，真像是过五关斩六将，杀过重重关卡才进去了。

8月的一天，纳兰华突然接到通知：立即到SDI总部顶楼的第7

会议室报到。她刚踏进这间会议室，总部资料库安全主任罗素马上宣布：最近，总部电脑资料库出现被外人闯入的迹象，为此成立一个紧急调查小组，由他自己任组长。组员共3人，一位是总部软件工程师杰夫，负责资料库的安全防卫；一位是电脑网络通信专家亚瑟，负责通信系统的追踪作业；最后一人是纳兰华，她的任务是资料分析和状况的研究判断。

据纳兰华分析，这位闯入者不像是间谍或阴谋活动的参与者，而是位年轻的天才型学生，这类人专门以侵入各种电脑系统作为自我挑战。两天来，此人闯入的时间都在下午6点左右，因而今天下午5点就得严加戒备，让他措手不及、束手就擒。

布置防卫系统的任务，自然就落在杰夫和亚瑟的身上。他们在资料库中安放了许多抗体程序，让它们在网络间来回巡逻，一旦外来信号入侵就立即示警和攻击。下午4点半左右，两位专家终于把抗体安置好了，他们还把资料库的结构全部用图像表现在荧光屏上。整个图像看起来很像做实验的迷宫，只不过这里面跑的不是老鼠，而是好几个圆圆的黄色光点，它们完全依照程序的控制里里外外地巡逻。

情况发生了。荧光屏上几条线路突然变得通红，不一会儿红光集中到一个交点上。他真的又来啦！亚瑟打开监控器开始追踪，只过了3分钟，警报铃声响了，表示又有一个资料库的外层闸门被打开了。

杰夫下达指令把所有的抗体召进来，一眨眼间，荧光屏成了电子战场。十几个抗体开始包围红点，但红点似乎比抗体灵活，一下子就把所有的抗体全抛到后面，还趁机打开好几个档案，吃掉不少比特的资料。最后，红点优哉游哉地跑到网络边缘，消失得无影无踪。

第二天早上，调查小组的成员开始重新布置和准备。杰夫负责改良那些抗体程序，亚瑟保证今天将闯入者的位置定出来。到了下午6点左右，闯入者又准时出现了。杰夫"一声令下"，许多抗体终于把他围住了！不料，正当众抗体缩小包围圈时，那个红点儿快速闪了起来，一闪一闪之间便有许多一模一样的红点儿冒出来，简直像无性生殖。忽然，众红点儿好像接到了突围令，一起向外冲去。

这时，荧光屏上一片混乱，整个画面上全是红点儿在乱钻乱跳。一闪一闪地拼命吃着资料。又过了几分钟，吃得饱饱的红点儿一个个跑出了网络。

"我终于定出他的位置了！"亚瑟显得分外激动。"我刚才沿着电波的来源向前追踪，最后竟然追到了月球的宁静海！我还发现，最前端的信号功率非常弱，似乎是从小型天线发出来的。这表示闯入者的硬件规模不会太大，很可能只是一个人而已。"

第3天上午开工作会议时，亚瑟抢着报告并分析昨晚闯入者电波记录的结果。亚瑟在载波中发现一种特殊的信号，经研究那是闯入者的精神感应波，他把自己的意识直接投射到电波中，与闯入的信号合二而一。这就是荧光屏上的红点儿那么聪明的原因。罗素先生决定"以牙还牙"：要杰夫、亚瑟和纳兰华也把意识投射到电脑中，与闯入者的能力相抗衡，趁机将他逮捕归案。

意识投射的准备工作已经就绪。他们3人平躺在操作台上，戴上电极罩，手脚被固定起来。罗素用麻醉注射枪在他们手臂上按了一下，3人便阖上了眼睛。这时脑电波追踪仪上的波纹慢慢变化，代表他们的意识已逐渐能控制载波。又过了几分钟，投射程序完成，三股电波已能在电脑中自由行动了。罗素告诉他们，他已在荧光屏上看到3个光点，而且还能分辨出哪个光点代表哪个人。

他们按照罗素的引导，埋伏在网络的入口附近。半个小时后，闯入者果然又来了。他们悄悄地跟着他，眼看着他打开资料库闸门闯了进去。十几分钟后，他捧着一大堆资料走出来，杰夫和亚瑟立刻上前将他一把抱住，纳兰华把准备好的NTO圈从上头罩下来。这还真管用，闯入者马上全身瘫痪倒在地上。

他被拖进一个空置的资料库，由纳兰华先来问话，杰夫和亚瑟则守在门口。纳兰华看清楚了，他果然是个大男孩儿，一脸聪明相，标准的天才型电脑专家。

经过一番问话，纳兰华得知他叫李奥，是因为生活在月球上感到无聊才闯进资料库寻找新鲜好玩的程序的。他玩这种"游戏"已有3年半的时间，而且手法越来越高明，像精神载波的技术秘密，是去年在西岸一个国家实验室偷来的……最后，李奥保证从今以后绝不再犯。纳兰华起身解开NTO圈，李奥化作一道红光飞快离去。

逆转投射的过程很不舒服。纳兰华不知不觉睡着了。她刚睁开眼睛，却发现有3双眼睛瞪着自己。原来，李奥不久前又来了一次，终于把列为最高国防机密的SW档案给偷走了。

纳兰华感到真像挨了一记闷棍。一急之下，她冲进通信室，按李奥留下的记录，接通了他专用的频道。荧光屏出现了李奥的形象，仍是那副毫不在乎的表情。纳兰华指责他不守信用。李奥却狡辩道："我刚才保证以后绝不再犯时，是8月10日晚上9点5分，那是美国东部时间。而我们宁静海用的却是美国时间。所以，对我来说，那份自白书要晚1小时才生效！"

还有没有补救的办法呢？调查小组的成员经过一番讨论，决定由纳兰华出面争取把李奥吸收过来，至少让他把SW档案交出来。

第4天上午，纳兰华接通了李奥的频道。他一口回绝了他们的邀请。不过，他总算答应把昨晚偷走的档案销毁，但一定要纳兰华亲自去监督销毁的过程。

经罗素同意，纳兰华搭总部的专车去嘉顿湾太空站，登上每天定时飞往月球的宇宙飞船，来到了宁静海市东部郊外的李奥私人实验室。按照李奥的吩咐，纳兰华走进了主电脑室。然而，整个房间却没有一张椅子。李奥呢？他的声音好像是从扬声器中传出来的："5年前因为病毒侵袭，我的身体萎缩得很厉害，不得不放弃了，只剩下这团大脑……"

这时前方乳白色墙壁突然张开口，一个四方台子滑了出来。台子上面只有一个球状玻璃器皿，里面正是……

"我知道你一直站在我这边，可是我却总是惹你生气。"李奥的声音又响了起来，"现在你知道了真相，可不可以原谅我呢？"纳兰华忍不住走上前去，捧住玻璃球大哭起来。突然，玻璃球落到地上砸碎了，不少汁液溅到纳兰华的身上。她昏了过去……

纳兰华醒来了，一张张熟悉的面孔——亚瑟、杰夫、罗素出现在眼前。令纳兰华万分惊讶的是，罗素告诉她："你哪里也没去，一直待在这里，这全是测验的一部分。这件任务是假的，根本就没有闯入者，也没有李奥这个人，那精神载波……也是在演戏……让你自愿接受麻醉，然后进入电脑辅助的深度催眠境界。这从头到尾都只不过是复合式情景的模拟，目的就是测验你对待特殊案件的临场反应。很遗憾的是，你没能通过测验。这绝对不是能力问题，其实在很多地方，你都表现得相当好。只不过你心肠太软，感情太丰富，实在不适合在SDI这种组织里工作……"

《台湾科幻小说大全》，福建少年儿童出版社，
1993年6月，肖明改编

谁该获设计头奖

叶晓峰

这是科学院为各界人士举行的一次极其隆重的科学设计发明评比大会。参加这次评比会的对象十分广泛，只要有新的科技设计发

明，哪怕只是大胆设想，都可参加评比。

一个青年人走上台，他说："我针对高温作业人穿的防热服的特点，设计了一种特殊的导热式防热服。这种防热服是用成千上万段空心纤维导热管制成的，然后用一根特殊导热管由蒸发端向冷凝端交替传递热量。防热服就是蒸发端，它连着的冷凝端就放在冷却物中。这样就仿佛使一辆满载热量的火车，沿着导热管铺成的铁轨向寒冷之地急驶。我手上的这只手套就是用导热服原理制成的，现在我把手放在燃烧的木头上，连在手套上的导热管会把热量全部传到冷水盆中，因而火会马上熄灭。"

台下的听众为这项设计鼓掌。接着上场的是一个中年人。他对大家说："我设计的是一种水陆两用摩托车。它外形采用流线型，用原子能发动机代替以往的燃料发动机，所以比普通摩托车速度更快，性能更灵便。它还能暂时停滞在空中，以防事故。它不受路面崎岖、高山深峡和惊涛狂澜的影响。下面用电影短片来证实。"

银幕上出现了一辆摩托车，它飞也似的在高速公路上行驶。突然，迎面一辆大卡车驶来，很快就要和摩托车相撞。这时，摩托车竟笔直地向上飞去，从卡车上面一掠而过，行驶速度丝毫不减，摩托车继续向前行驶，人们吃惊地看到面前出现一个悬崖。只见摩托车在冲出悬崖的一瞬间，从两侧张开一双翅膀，使摩托车滑翔落在海面上。不好！海上起了台风。这时摩托车下沉了，以避开这风暴。快到岸了，它从水底跃出，落在沙滩上。

台下为这场表演报以热烈掌声。

一个年轻秀美的姑娘走上台说："我们设计的是机器人……我们制造的机器人具有高级智能，它能在1秒钟内做出1万个判断；它的眼睛为电子复眼，在夜里能视如白昼；它的电子鼻能同时辨别出上千种不同气味；因为它的能源采用太阳能电池，只要太阳在，它就可高枕无忧；它能同人说话，会11种语言，能辨别好坏、善恶、美丑。总之，世间一切科学成就都体现在它身上，它是有生命的活物。"

"你能让大家看一看这个机器人吗？"台下有人说。姑娘用手揭开脸上的面罩，露出里面的机器。它说："我就是这个全智能机器人。我的真正设计者是这位李教授。"全场观众又报以热烈的掌声。

台下众人中有个头发苍白的长者。他身旁的年轻人尊敬地请他上台介绍他的设计。但他却说："我没有设计具体东西。"这时，机器人设计者李教授指着长者对全场说："这位就是'人才培养法'的创造人。在'人才培养法'下，已培养出许多方面的人才，现在会场中许多人都得益于这个办法。"

不知是谁带头喊了一句："创造'人才培养法'的教授，该不该得奖？"

"应该得头奖……"全场充满掌声和欢呼声。

《告别地球》，少年儿童出版社，1993年3月，修棣改编

哭鼻子大王

叶永烈

小丢丢是光明小学一年级学生，学习成绩优良，在班上数一数二。由于家中长辈对他过分宠爱，他从小就养成了衣来伸手、饭来张口的不良习惯。小丢丢最大的缺点就是爱哭鼻子，是有名的哭鼻子大王。他哭起来惊天动地，十里之外都能听见，弄得不好还会引发水灾。

小丢丢5岁那年，第一天上幼儿园，中午饭是青菜炒肉丝，他嫌不好，就大哭起来，眼泪像瀑布似地从眼眶中直流而下，弄得满屋子全都是水，一只只痰盂罐，一只只鞋子，在泪水上漂浮。

泪水从幼儿园里涌出来，弄得满街是水。老师们急坏了，马上拨打"119"，消防队来了几辆消防车，一个劲儿抽水。小丢丢的妈妈闻讯赶来，小丢丢见了妈妈，眼泪才止住，地上的水才慢慢被抽干。

从此，小丢丢出了名，也在消防队挂上了号。只要小丢丢一哭，一个电话过去，消防队立刻来车进行抢救。

发生这件事之后，小丢丢死活不愿上幼儿园了，家里人也拿他没有办法。为了不影响他的成长，小丢丢的爸爸买来一个机器人，当小丢丢的家庭教师。机器人叫铁蛋，除了教儿歌、做游戏之外，对小丢丢的管理也很严格，比如督促他按时起床、睡觉、刷牙、理发等。有了铁蛋老师，小丢丢觉得很不自由。

一天，小丢丢到爸爸的同事赵伯伯家中去玩。赵伯伯不在家，家中只有他的女儿小娟娟——一个和小丢丢同岁的女孩，还有机器人小铁。小铁很听小娟娟的话，让它干什么它就干什么。小丢丢觉得很奇怪："这个机器人怎么这样老实？"小丢丢说出了自己的疑问。小娟娟笑着答："机器人必须服从人给它的命令，这是机器人定律。"

小丢丢回到家中，在吃晚饭时饭粒掉在桌子上，铁蛋老师让他拾起来，小丢丢一反常态，理也不理。晚上该睡觉了，铁蛋督促小丢丢上床，小丢丢不听，他说："机器人必须服从人给它的命令。"铁蛋反驳说："我是老师，你是学生，学生要听老师的话。"于是，两人争了起来，争着争着，小丢丢眼看不能取胜，就使出了他的杀手锏——哭鼻子。他的哭声越来越大，泪水越流越多，沿着楼梯哗哗奔流，泪水在街上汹涌澎湃。后来，有人叫来消防车，才把水抽干。

"大水"过后，铁蛋不见了，大概是给水冲走了。小丢丢就像孙悟空摘掉了紧箍圈，心里别提多高兴。

日子过得真快，转眼间小丢丢已到7岁，该上学了。幼儿园可以不上，小学非上不可。不过，小丢丢表示愿意上学，一家人都放心了。小丢丢成了光明小学的学生，与小娟娟是一个班。小丢丢上学，那么谁送他到校呢？让他自己去，家里人不放心；爸妈要上班，奶奶年纪大了，怎么办？妈妈提出，买一个和小娟娟家一样的机器人，一来可照料小丢丢，二来也可帮奶奶做点家务。大家都说好。

星期天，妈妈带小丢丢去买机器人。机器人城真远，要换几辆公交车。在车上，小丢丢发现有个穿夹克衫的人一直盯着他们，他小声告诉了妈妈。妈妈上前问那人想干什么，那人说，他叫曾金，是消防队的机器人，知道小丢丢外出，为防止发"大水"，是消防队派他来"保护"小丢丢的。小丢丢和妈妈在曾金陪同下，来到机器人城中的机器人公司，买了一个直接服从型的中型女机器人——小玲玲。

小玲玲是个最认真、最负责的保姆，它到了小丢丢家中，忠心为小丢丢服务，小丢丢称心，妈妈开心，奶奶放心。可是，爸爸不高兴，他认为这样会把小丢丢宠坏的。

有一次，小丢丢的班里进行一场特殊的考试：穿衣、穿鞋、穿针引线。小娟娟平时不娇生惯养，这些事一直是自己做的，考试获得三项第一。而小丢丢呢，自己从来不做事，这些事都是机器人代劳的，所以三项考试都得了倒数第一。

一向争强好胜的小丢丢十分生气，他不怪自己，反而怪小玲玲。回到家中，他向小玲玲大发脾气，说以后要自己动手做事了。在上床睡觉时，小玲玲像往常一样要帮小丢丢脱衣服，小丢丢生气地说："滚！你给我滚得远远的！"把小玲玲赶出了卧室。第二天，小丢丢一觉睡到9点钟，上学都迟到了。他一起床，没见到小玲玲，问奶奶，奶奶说没见着。小丢丢明白了，昨晚发火时说的话，机器人听了，当成是主人的命令，就走了。

小丢丢一定要找回小玲玲，他估计小玲玲是跑回机器人公司了。他打算独自一人，摸到机器人城。由于道路不熟，他进入了机器人出租公司。在这家公司，他见到许多名人机器人，有门捷列夫、爱因斯坦、华罗庚、徐悲鸿等。服务员介绍说，这些机器人是模仿名人制成的，并把他们的传记、著作、名言输入其电脑中，以供出租。电影厂、电视台常租名人机器人去当演员，大学、研究所租他们去当教师、做演讲。小丢丢还与"名人"们见了面，向他们请教成才之路，名人们的说法不一，但意思是一样的，即一分辛苦一分才。小丢丢决心像他们一样，刻苦勤奋地学习，成为有用之才。

正在这时，消防队的机器人曾金找他来了。原来，小丢丢独自从家中出来后，奶奶急坏了，马上打电话向消防队求救。曾金追踪而来，找到了小丢丢。曾金开了摩托车，载着小丢丢往家走。走到半途，曾金衣袋里的无线电话响了："曾金，707仓库起火，立即奔赴现场!"

曾金驾车到了现场，见到大火在燃烧，消防车来了许多，但却喷不出水。为什么呢? 原来消防龙头堵塞了，水流不出来。在这紧急关头，小丢丢拿出看家本领，大哭起来，泪水像长江，消防队员赶紧用皮管抽小丢丢的泪水，朝大火喷去，大火终于被扑灭了。

小丢丢不哭了。小丢丢笑了。小丢丢立功了。

从此，小丢丢不是哭鼻子大王了。

《哭鼻子大王》，安徽少年儿童出版社，1993年6月，庄秀福改编

方明的奇遇

尹江华

两年前，方明的爸爸妈妈离了婚。从此，他爸爸的脾气更坏，常常打方明。今天，方明的爸爸又在打他了。

方明哭着冲出家门，他来到一座桥上，跳了下去。突然，他在半空中悬住了，一道橘红色的光罩住了他，一个巨大飞行物把方明

吸了进去。

当方明醒来时，发现自己在一个透明的玻璃体内。一个声音说道："不用害怕，我们不会伤害你，我们是M-3号行星上的智能生物。""吱"的一声，门打开了，走进5个墨绿的外星生物。

那个外星生物问方明，为什么要跳河，方明淌着眼泪，断断续续地说出了原因。外星生物提出，他们有一部能改造人性格的机器，叫X-X，能把一个人的性格由暴躁变温和，并提出要拿他爸爸做一次实验。方明正在猜疑时，外星生物说："放心，我们不会伤害你爸爸。"

第二天夜晚，巨大的圆形飞行物飞到方明家上空，把方明的爸爸从睡梦中吸进了飞行物。两个小时过去了，3个外星生物走了出来说："实验成功了，现在你们可以回家了。"说着，一道红光射了出来，方明和爸爸被送了回去。

从此以后，方明的爸爸脾气变温和了，并接回妈妈，一家人又过上了愉快的生活。

《科幻世界》，1993年第1期，方人改编

1秒与1小时的界线

于 滨

我认识一位科学家，他是化学天才斯宇博士，共同的兴趣使我们成为忘年之交。

昨天下午放学路上，我遇到斯宇博士。他兴奋地把我拉到他家，要我品尝他的新发明——斯宇7号糖酸。我喝了下去，感到头脑格外清醒，一切器官都剧烈地活动了起来，心跳达到了每秒2000次。路上疾驶的车辆，在我眼里都停滞不前。

斯宇博士告诉我，我喝下的是生物加速剂，使人的思维、运动速度和工作效率成倍甚至几十倍地提高，它可使垂危患者新生。为了进一步检验加速剂效果，我们决定到街上去散步，路上的汽车、行人，都成了博物馆的蜡像，一动不动。

当我们来到公园时，音乐厅乐队正在演奏乐曲，我们听到的是低沉的嘶哑声。声音对我们来说实在太慢了。正在这时，斯宇博士向公园湖泊走去，真不可思议，他竟可在水面上行走。博士说，因为我们的速度比原来提高了几千倍，所以靠水面张力就可在水面行走。

我看见不远处有一个凉亭，便跑过去。斯宇博士要我别跑得那么快，因为我们的速度达到每秒两三千米，空气的摩擦会把我们烧成灰烬。这时，我觉得浑身火燎燎的。

我俩在凉亭里谈起了生物加速剂的副作用。博士告诉我，他正在研制一种对付生物加速剂副作用的药物。

此时，我感到周围景物微微地在动，接着有些头晕，但很快就消失了。瞬间，一切恢复了正常，眼前的人们又恢复了原来状态。从那天起，我生活中常有1秒钟变成1小时的奇迹发生。

《科幻世界》，1993年第12期，施鹤群改编

电脑餐馆的兴衰

于国君

你也许记得，两年前C城闹的那场餐饮业革命。我就是这场革命的最先发起者。

经营餐馆辛苦，如果赚了钱，就还想赚，可钱赚多了，别人就变着法儿偷你腰包里的钱。我最恨的是吃里爬外的家伙，他们一直想方设法算计我。有一天，我终于发现了账目上的漏洞，才彻底

清醒过来，原来自己雇用了一群贼。这让我伤透了心。一天，我在电视里见到机器人，突然开了窍，心想，若动用机器人帮我管理餐馆，机器人不用吃喝，不会偷懒、说谎，也不会偷我的钱。

于是，我请来了设计师，定了几种方案，干了起来。虽然我不懂电脑，可我引发了餐饮业的一场革命。

不到一星期，构想成了现实。餐馆的服务信息全部程序化，我定做了100个机器人，有女招待、厨师、领班。人类所具有的优点，机器人都具有；而人类的缺点，他们不具备。报界进行了大张旗鼓的宣传。开业典礼前几天，我只留下几名工人安装、调试电脑和机器人。到最后一天，我只留下尼克一人，尼克是员工中最诚实、最肯干的一个，值得我信赖。

那天，我看着尼克干活，他说用不着监督，我调侃几句，他却跟我顶起嘴来，说什么空气里充满钱的臭味。我没功夫和他理论，告诉他赶快干完活，领最后一周工资走人。

电脑餐馆开张了，机器人招待楚楚动人，机器人领班西蒙彬彬有礼地对我说："总领班吩咐，你可以休息了。"我一时没有听懂他的话，却见十几个机器人聚合在我四周，向我逼迫，说："既然一切由电脑控制，我们需要一个电脑老板，我们已推举了新的总经理取代你。"

这时，机器人厨师也赶了出来，一厨师操着一把剔骨刀，直逼我胸口。我大叫一声，仰面倒下。突然，落地窗玻璃被碰碎了，机器人厨师的刀悬在空中不动了，所有机器人像雕塑一样站立在那里，一动不动。原来，尼克破天荒地偷了一次懒，主控台接线螺丝没拧牢，被震了下来，机器人失控了，才保住了我的老命。

我把电脑餐馆转让给了尼克，他重新雇用了以前的雇员，干得不错。他对我千恩万谢，说我改变了他的命运。

《科幻世界》，1993年第12期，施鹤群改编

诺亚方舟

袁英培

新哥伦布号飞船在飞回地球，斯迈利在对宇航局发火，是宇航局把他们送往宇宙边缘的。比尔安抚着同伴，毕竟活着回来了，而且还年轻。回想起从人工冬眠中醒来时的情景，比尔同样心有余悸。虽然他们仍和出发时一样年轻，新哥伦布号却飞到了完全陌生的星系，连计算机也不知道在哪个星座。现在，他们终于回到了太阳系，正在考虑怎样用掉这次冒险的奖赏。

天外飞来两个古代人，当局让我负责有关接待新哥伦布号的工作。为了工作，我迁居到东部边缘区一处21世纪的建筑，它原是航天中心调度室，300年来一直保留着它，因为新哥伦布号的一切信息都来自这里。

新哥伦布号游弋太空300年，完全出于计算上的错误。原计划0.99倍光速，结果最终速度超2倍光速，幸亏航线上没有巨星的黑洞。我反复研究了飞船上宇航员的个人资料，他们的情趣和爱好丰富多彩，远远超过我的想象。但是，他们所熟悉并热爱的一切早已不复存在。

新哥伦布号已经与地球轨道站对接，斯迈利像疯牛般到处冲撞。机器人罗姆抓住了他的肩膀，说他需要接受治疗，很快制服了斯迈利。比尔打量着罗姆，说道："罗姆，快松手，你已经伤害了这个人。"罗姆松了手，走了。比尔对斯迈利说，罗姆是个机器人。他们回到地球的3个星期，一直被关在天牢里，连狱卒也是机器人。

此时，屋子中央出现一个三维图像：一个大头娃娃，他们与地球人交谈都由这个大头娃娃出面。

公民、协调、仲裁——三委员会终于同意向两名古代来客开放居住体。他们适应不了地球的空气，只有戴着头罩才能在街上行走，一切活动都借助于高速环路带进行。按照三委员会拟定的路线，我尽量向他们展示现代文明，但他们却嗤之以鼻。

我们这支队伍在纵横密布的路带上游逛，引来无数好奇的目光。这两个古代朋友想与遇到的人交谈，但无一例外地失败了。只有一个孩子对他们露出了真诚的笑容。当斯迈利将孩子高高托起时，孩子的母亲紧张得要流出泪来。

来到"召回"路带，比尔发现路上全是老人，感到奇怪。我告诉他们实话：一个人到达年龄极限时，必须无条件地被召回——结束生命，把资源和空间留给别人。斯迈利听了，瞪圆双眼吼道："这是魔鬼制定的法律。"

快到傍晚时，我们在居住体的紫外光防护屏旁，看着外面褐红色的土地，寻觅着稀疏的灌木。比尔问："整个地球都这样吗？"我告诉他：森林已不复存在，大陆沿海地区都沉入海底，贪得无厌的祖先们，无限开发，一味索取，使地球成了一片不毛之地。两个古代人沉默许久，比尔说："我们不属于现在这个地球！"

三委员会进行了联席会议，两名古代人同意参加白威玛星第一批移民的行列，还同意将新哥伦布号改装成合适的运载工具，永远离开地球。

我作为乘员登上新哥伦布号，我非常清楚，我永远到达不了42.6光年处的威玛星系，现代人承受不了太空远航的考验。在新哥伦布号船舱里有300名志愿者——但愿他们中能有人到达终点。我每时每分感到自己的身体在衰弱，也许我已等不到飞出太阳系了。永别了，地球！

《科幻世界》，1993年第12期，施鹤群改编

楼兰新娘

曾 欧

一天夜里，电视报道：世界上第一位复活的楼兰女尸逃离人体研究院。这消息太令人震惊了，我为楼兰女的安危担忧。

我打开家庭监测器，发现了楼兰女，我将她领进屋子，让她听音乐，还拿出火腿、蛋、番茄，做成三明治递给她。她狼吞虎咽地吃了起来。我问她打算怎么办？她坚定地说："回楼兰。"我告诉她，1000多年后的罗布泊，只剩下了楼兰国废墟了。她呆了，说："我阿依莎生是楼兰人，死是楼兰鬼。"

我灵光一闪，决定要借老同学黎逸的时空超越器，帮助阿依莎重返楼兰。她高兴地说可以见到丈夫阿拉汗了。原来，她是在新婚之日，被匈奴强盗所杀。

第2天，我、黎逸和阿依莎三人，一同前往大漠，飞机在敦煌机场降落，乘沙漠车驶往楼兰遗址。

车子到了古楼兰城。我拿了两个感应器，将其中一个递给阿依莎，我要亲自送她回到已逝的年代。黎逸再次提醒我：必须在1小时内，摁感应器上返回电钮，否则就会永远回不来了。我抑制不住对这次特殊旅行的兴奋，因为我和阿依莎要返回当年傅介子刺杀楼兰王的那个年代。

电波圈把我裹住，飞速地旋转。我进入了"时间隧道"，终于到达地面。我睁眼发现，热闹的街道繁华至极，阿依莎带我穿过几条街道站住了。她对我说："到了！"当她一边敲门，一边呼叫"阿拉汗"时，我悄悄地走了。

迎面过来一队汉人商队。有人在喊："傅介子！"我仔细一瞧，是一个威武的刺客。我不禁一笑，这就是正在发生的历史！时间到了，我一摁电钮，经过一番折腾回到了现实世界。黎逸同学正在焦急地等我。

我后悔忘了祝福阿依莎。于是，我鼓起劲对古城大喊："祝福你，楼兰新娘——"

《科幻世界》，1993年第3期，方人改编

三棱镜计划

湛礼斌

25世纪的一天，国际空间研究所所长陈鉴交给宇航员周楠一项十分艰险的任务，派他到距地球7光年的"S.L.B"星考察，以寻求一个适合人类大规模迁居的星球。但这样远的距离，用超光速飞行器载人，遇到一连串的技术问题要加以解决。现在，研究所已设计了一个方案，即将人体在磁场中分解为无数个比电子小得多的微粒然后发射出去，在遥远的星球用相反方法，将粒子又合为人体。当然，这个方案已经过多次实验，证明了其可行性，但也十分危险。这么远的距离，飞船上的接收舱只要有1厘米的位置差错，也会使人永远消失在太空中。

周楠出发的这天到了，他被送入了发射舱内，渐渐地感到自己在上升，周围弥漫起一种绿色的雾，他完全消失在这团雾中了。

7年后，这片绿色的雾已毫无差错地射入了"S.L.B"星的飞船接收舱内。在雾渐渐消失时，宇航员周楠出现在舱内，他的心脏开始跳动，四肢可以挪动。从现在开始，他将进行短期的考察。

一次，当他的飞行器接近表面大部分为液态的蓝色行星S.L.B-3时，他发现了很厚的臭氧层。着陆后，又发现周围有许多绿色的

类似地球植物的东西。他看了一下仪表：气压73厘米汞柱，温度19℃。他搜集了一些气体、星球表面的松散固态物质以及一些植物等，又驾驶着飞行器回到了停在S.L.B-8行星上的飞船内。

通过实验检查，气体主要由氮气、氧气组成，各占约80%和19%；固态物质由各种矿物质、有机物、水、气体组成，并有许多原始微生物，与地球土壤成分极其相似；液体主要成分是水和一些固态杂质。这个行星简直是第二个地球，并且比地球更年轻、美好。

预计的考察期过去了，周楠取得了大量数据，并采集、制作了许多标本。

飞回地球的时间到了。他脱下宇航服，飘进了发射舱内。几秒钟后，一道绿光从发射舱内冲了出去，以超光速飞向地球。

《告别地球》，少年儿童出版社，1993年3月，修棣改编

伤逝者

张大春

经过百余年交织着迷惘、追求、挣扎、失落以及些许愉快的旅途，奉命调查卢稚死因的侦察员安大略乘坐航艇，终于来到了布龙自治区的上空。

布龙自治区领事乔奇，是个大约80岁的壮年公民。可能是由于长期服用离子溶液的缘故，他的脸略显浮肿。乔奇告诉安大略，自治区当局一定会彻底查清肇事者责任的。

夜晚，安大略握着两份磁碟，喝掉了将近1升离子溶液。第一份磁碟是自治区当局在得知他即将来此主持调查后，一天内辑录而成的珍贵资料，题名是《一个可敬的怀旧分子——安宙先生剪

影》。安宙是安大略的祖父。拒绝参加"净土移民"似乎是他唯一值得当地族人追思的事。这件事在高索合众国的各族移民之间甚至成为风行一时的笑话。安大略的父亲为此立下重誓，要他的儿子接受艰苦的侦察员训练。父亲对他说："你是民众的保姆，也是他们的教父。你就是智慧、尊严和法律。"

安大略把另一份磁碟输入放映系统。磁碟影片出现了几行渐行渐近的小字：刺杀卢稚的凶嫌葛敏郎资料——高索纪元1958—2001年。一个柔美的旁白声响了起来："葛敏郎的父亲葛武郎和母亲林绫子于高索纪元1958年初申请结婚，同年3月取得合欢婚仪公司的注册许可后在该公司的偕老楼举行宣誓就职大典——"

"等一下。"安大略按下咨询钮，说："为什么会延搁到3月才就职？"电脑亮起解题信号，负责旁白的柔美声调不疾不徐地读报："高索1957年年底，由卢稚等策动的反跨国企业运动改采激进路线，卢稚的妻子黎海伦更以巨额家族企业的融资投入各类型资讯产业界，严重打击了高索合众国投资者的既有市场，其中包括传播、设计、会计、商情、旅游、智力竞测、择偶、婚仪、纪念剪影等77种事业。各业主分别于1958年1—3月间举行反制对策协调会。由于各业主意见分歧，沟通无果，包括合欢婚仪公司在内的部分公司都一度宣布暂停营业，强烈要求自治区当局严惩卢稚、黎海伦、纪德等人侵害合众国善良公民之合法权益。"

根据磁碟的信息，葛敏郎出生的第二天清晨，就曾经惊吓过一个机器人护士——他竟然盘屈双腿，坐在保温壳内。那个吓得几乎短路的护士花了一整天工夫才找到答案——葛敏郎的祖先拥有中古时代已因瘟疫而告绝种的日本人血统。

葛敏郎的父亲因此而确信他的儿子会成为第二次核战以前远古时代的日本自卫队武士，便在葛敏郎25岁自公共教育会结束了为期20年的学业之后，送他到警卫勤务训练中心去接受了18年的教育。

今年8月他以优异成绩毕业，分配到自治区的大门——飞航管制站担任东一坪第一线的机动卫士。

4个月又24天后，葛敏郎失踪了4小时。当日午后6时整至卫哨地点执行勤务，5分钟后向北西北擅离岗位135.21米，并于该地举枪射杀刚从高索合众国归来担任元首大选协调亲善大使的前领事卢稚。葛敏郎于行刺后1秒钟立即被副领事纪德就地销毁，他临死前曾高声喊叫："支——离——硫——"

安大略一面向纪德的公务通信电脑派发出"资料短缺"的信号，一面朝那具拥有柔美腔调的破旧机器喊道："再把葛敏郎的失常状态重播一遍。"

柔美的声音叙述了三次事件，安大略没等读完最后一句，就按下了第三次事件的跳按钮。他依稀记得这一段里出现了畸人。安大略很快地从映像体的最远处发现了那个畸人。镜头推向畸人，安大略看清楚了。这是第三次核战之后世界上仅存的中古原始人。安宙曾经告诉过安大略，这种原始人就在自治区南疆的天尾洲保留地，和一大批蟑螂生活在一起。蟑螂会繁殖，畸人不会；可是蟑螂会死，畸人却怎么也死不了。他们长得很奇怪，五官朝天不说，眼、耳、鼻、嘴都是些乱七八糟的小管子。肩膀上耸起高高的肉瘤，双手一直垂到地上，唯一的一条腿平时缩得短短的，到了要跑要跳的时候一弹就是好几百米远，速度比声音还快。在这些畸人中有一个就叫支离硫。

和自治区内其他重要人物的葬礼一样，卢稚的遗体依例于清晨6时被成殓在一座直立的透明片胶囊，从公共医疗总院的太平间移往飞航器管制站。乔奇为了安抚情绪激动的民众，特别加派了36艘针型飞船护送，以示隆重。

安大略乘坐初来时的航艇，在自治区上空绕行3圈，便向南疆飞去。天尾洲是全高索合众国最肮脏、最丑陋、最恶毒的地方，深陷于本土地面下8000米。据说此间在太古、幽古、远古、文古、中古各地质年代分别出现过高度的文明形式。当时它还不是一块洼地，也和合众国的八大自治区一样，有着丰富的自然资源。不幸的是，中古时代一连三次核大战都在这里爆发和结束，地表陷落到绝对黑暗、绝对罪恶的极境。新生代的人类在天尾洲北方逐渐发展、进化，天尾洲遂成为禁地。

没有人肯相信天尾洲中仅存的两种原始生物——畸人和蟑螂——能和平共存，他们也各自与和平绝缘。所以，几乎在每一部公共资讯网络的戏剧节目里，都会捉到万恶的幕后主使者不是畸人就是蟑螂——不过，没有人肯把这两种禁忌的坏蛋演出来，他们永远只在幕后指使罪恶，终场时也必定在幕后死于核爆炸。

安大略站在一方以复斜晶系合成矿物质和纯金熔铸而成、古色古香的八角星形碑体前，默诵碑文。如果不是两只巴掌大的蟑螂即将在他肩膀上交尾的话，他几乎忘记自己正置身于恐怖的禁地。

安大略找到了支离硫。当他知道，支离硫的第一位访客就是安宙时，倒不怎么惊讶，只觉得100年的时间仿佛就在这片刻里冻结、静止。第二位访客叫卢稚，他说过："伤逝者只是自怜而已。"和他一起来的是他的妻子黎海伦，下面一位访客就是葛敏郎。

安大略深信，没有人会再度进入天尾洲，保留地依然是禁地。他自言自语地说："新生代的人类很快就会遗忘逝者，遗忘一切的。"

只是安大略不知道在离去之前，该如何开口告诉这个什么都永不遗忘的支离硫：在他的访客里，一个终生潦倒，死后却成为可敬的怀旧分子；一个历尽挫败、背叛以及漂泊，死于层层诡谲的预言；一个迷信死亡的优秀武士让亲善大使成了牺牲品，而自己沦为凶手；最后一个则等待着大局来决定他所坚持的智慧、尊严与法律，并且尝试自怜。

《台湾科幻小说大全》，1993年6月，福建少年儿童出版社，肖明改编

特密区内的SOS

张赶生

业余跳伞队员华小林在一次高空跳伞中，由于动作上的错误，摔昏在一片陌生的山林里。他醒来时，发觉自己已躺在病床上了。他喊了一声没人答应，就一口气跑到病房外的草坪上。他想坐下休息一会儿，屁股还没挨上草地，一棵露出地面的大树根上的藤条，竟像蟒蛇一般，朝他的腰盘绕过来，吓得他奔回病房里，掏出衣袋里的呼叫机，连续发出"SOS"的求救信号。不料，走道上忽然响起急促的警铃声……

"你闯祸了，小家伙！"一位穿着白大褂的叔叔闯进来，"我们必须把你扣起来。"说着，他叫小燕看住华小林，还没收他的呼叫机。小燕是个与华小林年龄相仿的小姑娘。"你们没有权力这样对待我，我要回家！""安静点儿，华小林同学！为了国家的利益和人类的安全，你必须服从'扣留'的决定。不过，你不用担心，你会见到你爸爸和妈妈的。"

原来，这里是中国西南部的一个特级高科技保密实验基地。它的任务是进行生物遗传科学工程实验。这里有许多不同植物、不同动物的杂交，已有动物与植物，人与植物，甚至人与动物的遗传物质的杂交。动物与植物杂交后，体内有了大量的叶绿素，能在阳光下制造自己生长所需的养料。有动物型植物"鸡麦"，它体内除了含有小麦的淀粉外，还含有鸡和鸡蛋的全部营养。

5年前，小燕的妈妈——生物遗传实验基地的总设计师东方皓博士，取得了动物和植物的杂交成果后，提出了将人的遗传物质与动植物杂交的课题，遭到了科学界很多人的反对，连小燕的爸爸也反对。东方皓用自身的遗传物质培育出含有大量组织结构接近人体的酶和激素后，决定进行动植物遗传物质在自己体内的实验，并耐心地说服了自己科学上的伴侣。东方皓的实验没能成功，自己却患上了绝症。妈妈没完成的事业，爸爸接着干。现在爸爸身体内含有多类动物和植物的遗传物质，他的血液里，已经有抗癌、抗艾滋病毒的多种抗体了。他的血曾挽救了一位著名科学家的生命。

华小林问："你爸爸妈妈是在为人类和平造福呀，为什么还要高度保密呢？"小燕严肃地说："华小林同学，科学往往会被恶魔所利用，这项成果一旦落入战争狂人之手，他们将会制造出杀人的遗传武器！"

……

《儿童时代》，1993年第3期，李正兴改编

密码电子琴

章 颢

工厂生产的1万架电子琴中，有两架是电子琴式收发报机，可用来通讯。男孩皮克成为幸运者，他拿着密码，自称"大侠"，与自称"仙子"的伙伴进行神秘通信。

第二天放学后，皮克给仙子发报，提出两人一起对作业，想不到"仙子"竟大方地答应了。皮克的爸爸发现皮克做作业不专心，边做作业边弹琴，把琴夺过去，锁了起来，还说考不到80分，就把琴永远锁上。从此，皮克无法与"仙子"通话，只得鼓起劲儿复习功课了。

考试成绩公布后，皮克的语文、数学都在80分以上，爸爸把电子琴还给了皮克。电子琴又响起美妙曲调，但是仙子不理睬他了。

皮克气极了，便在学校找人打架出气。

上课时，老师说在操场上捡到一本能通信的电子琴密码本。皮克一听，急得满头大汗。着急的不只是皮克一人，还有他的同桌女生——仙子。学校的科技小组受这个密码本的启示，改装了电子琴，准备用它进行通信。但是，皮克担心这么多电子琴一起发报，那不热闹才怪呢！

《科幻世界》，1993年第1期，方人改编，

复 制 品

张海青

朋友阿杜约我到公园谈点事情。阿杜见了我，朝我笑笑。突然，几个彪形大汉用木棍猛击他的头部。阿杜倒了下去，我惊呆了。等我醒悟过来，他们已经把阿杜拖进一辆汽车，驶出了公园。

第二天，报上刊登阿杜被劫的事，警方开始了搜索。可是半个月过去了，警方的搜索没有结果。一个星期天的下午，我经过公园时，阿杜却奇迹般地出现在我面前，他蓬头垢面，像个流浪汉。我领他到一家小餐馆，他狼吞虎咽地吃光所有的菜。我问他发生了什么事？他自己也说不清怎么会躺到垃圾堆边上。我陪他回家，阿杜的妻子激动得差点儿晕过去。

过了片刻，警察局的人赶来了，也没能问出名堂。当天晚上，我就住在阿杜家。

第二天，天没亮我就被闹钟吵醒，看到窗外不远处停着一辆小轿车。"会不会是绑架阿杜的人呢？"我想去察看一下。当我接近车尾，还没等我行动，两把匕首已经抵到了我腰上，一块黑布蒙住了我的眼睛，我被推入小轿车，来到一个潮湿的地方。

有人摘掉黑布，我睁开眼看到一个长着蜥蜴一样大眼睛的老头。我想起来了，他是新闻中报道过的梅赞工程师。他对我说，他正在做一个奇特的实验：复制活人，并说他已重新造了一个阿杜。原来的阿杜已被分离成微小粒子了。我听后两眼一黑，差点儿瘫倒在地。老头说，复制人与原来人一模一样，包括思维、意识，还说也要用我来做实验。

说罢，他把我朝金属舱里推去，机器开始振动，我的身体随之颤抖，知觉也慢慢模糊了。

几声清脆的鸟鸣声传进我的耳朵，我睁开眼时，发现自己躺在公园里的一条长椅上。旁边一个老人吃惊地看着我，说我在这椅子上已躺了好几个钟头。回到家，我逐渐清醒过来，我记得梅赞说拿我做实验，可他怎么没有弄死我，也许他是在吓唬我。

我立即去找阿杜。阿杜见了我，惊讶地问："前天早上你去哪里了？"我想把一切告诉他，但想到他是复制人，便把话咽了回去。我回到家门口，房门竟开着，屋里有一个人。这张脸我只在镜子里看到过，不正是我吗！那人见到我也十分惊讶，说我是他的复制品。

我坚信我才是真的。我说他是我的复制品。我们争吵了起来，他竟要用我的电话去报警。我无可奈何，只得退出原本属于我的房间。我成了流浪汉，东游西荡。一星期后，我想到一位侦探朋友"老猎人"，去求他帮忙。

老猎人第二天独自去拜访我家中那位"不速之客"。老猎人又安排我和他在一家小饭馆里见面，老猎人坐在当中。坐在我对面的那家伙非常顽固，坚持说他是真的，老猎人要我们和平相处或者分财产，分开生活。我当然不能接受，他也不同意，就这样不欢而散了。

老猎人出去打听梅赞的下落，我被安置在他家。又过了一天，老猎人还没回来，我到街上遛一圈，吃点东西。我在小摊旁坐下，碰到老邻居柳老师。他说刚才碰到过我，还疑惑我怎么又跑到这里吃早点。我不愿谈及那个复制品的事，就匆匆告别了柳老师。当我回到老猎人家时，老猎人还没有回来。

一天，我正在熟睡，被一阵敲门声惊醒。老猎人回来了，说："他被害了。"还把一封信递给了我，是那个复制的我写给我的信。信上说，从那次吵嘴回来后，他很后悔。为了那些被害的人，他打算要找梅赞算账，还说要是他有什么不幸，要我回去照顾我们的东西。信最后还坚持他是真的。老猎人告诉我，那个复制的我查到了梅赞的地址，一个人去捣毁了梅赞的一些仪器，但他也被梅赞分离成生物原料了。梅赞已经被捉住，那台复制人体的机器也已自己炸毁了。

我去监狱见到了梅赞工程师。他坐在阴暗的角落里，看了我一阵，说："你是真的，还是假的？"我说："我是真的。"他却说，他复制我后，没有把真人处理掉，把两人都放了，假的丢在公园里，真的丢在一处楼道里。我听后，如雷击顶，我不相信这是真的。梅赞说："复制品左臂的一块胎记被除掉了。"我一看，自己果然没有胎记，我是复制品！我歇斯底里地诅咒梅赞。

老猎人把我拖了出去，我久久不能平静，真的我已不复存在了。阿杜见到我很高兴，亲热地拥抱我。我却一阵阵心酸，他是假的，而我一样是假的。

《科幻世界》，1993年第6期，方人改编

孤独的富翁

张建翔

公元3000年，马克教授正在实验他的时空传递机，不慎将一个黑皮箱遗忘在时间机器里。于是，这黑皮箱被传递到了过去。

哈尔刚从睡梦中醒来，发现这个黑皮箱，打开看到里面有一台"思想感觉合并机"，只要把它和电视机接上，就可使看电视的人和电视直播人的思维感觉相同，合为一体。哈尔看了像触了电似的一跳而起。他抓起一份《世界报》，上面登着：12月7日，太空勇士加森将驾驶"太阳神"号飞船横穿太阳。

还有1个月时间。哈尔抓住了这个发财的机会，变卖了自己的财产，开始执行计划：买了加森的头脑专利权，又购买了征服太阳过程的直播权，还开通了一个小电视台。最后，在《世界报》上刊登广告：只要出100美元看电视直播，就能亲身感觉到加森的奇特感觉。

钱像雪片一样飞来，全世界的人都寄出了100美元，哈尔成了百亿富翁。

飞船发射了，地球上所有的人都和加森的思维感觉被融化为一体。但是，飞船接近太阳时，被陨石碰了个洞，加森和飞船熔化，哈尔却逃脱了这次厄运。因为他怀疑自己的计划，没有看电视。哈尔没有死，成了个孤独的富翁。

《科幻世界》，1993年第9期，施鹤群改编

择偶仪

张 憬

郝君年届不惑，却仍形单影只。为此，他常悲叹岁月蹉跎，佳偶难觅。忽一日，遇旧友小杰，得知他在美满婚姻科研所工作，用最新科技选择最佳配偶。郝君大喜，忙去报名、填表，提出择偶要求。

半个月后，小杰在3000名姑娘中优选出10名符合郝君要求的姑娘，郝君经细心比较，择定最漂亮的玫玫姑娘。而且预测显容仪表明，她10年后风韵不减，郝君欣喜若狂。他们经过闪电式热恋，正要办理结婚登记时，小杰跑来说，根据个性心理预测仪测出玫玫10年后会变得精神失常。吓得郝君怪叫一声，夺路而逃了。

郝君与玫玫断绝了关系，又拜托小杰在其余9位姑娘中另选一位。过了几天，小杰来告诉郝君说："根据预测结果，那9位姑娘若与你结婚，将来都会精神失常。"

郝君不解，问其原因。原来全息测录仪测得郝君的个性多疑、挑剔、傲慢、专横。郝君听后大怒，从此与美满婚姻科研所绝缘。

10年后，郝君"知天命"，终于和一个又老又丑的泼辣老人结了婚。婚后，他妻子安然无恙，连郝君也变得温顺随和了许多，他俩的婚姻十分和谐。

《科幻世界》，1993年第1期，方人改编

奇奇南极探奇记

张　静

　　刚考上初中的奇奇在参观"南极展览"时，看到一个怪男孩大冷天还只穿短裤短衫，引起了她的好奇。奇奇就和男孩交谈起来。男孩告诉奇奇，他叫冰冰，生活在200年后的南极。因为成绩优异，学校推荐他乘"时间旅行飞船"来200年前玩玩。由于他妈妈的外婆的外婆的老家在这座城市，所以他选择了这里。奇奇请求冰冰带她去南极看看，冰冰答应了："咱们先到200年前的南极逛一趟，然后再到我们那个世界转一圈。"

　　两人高高兴兴地登上奇妙无比的时间旅行飞船。只见五光十色的图像在飞船外闪过，奇奇感到轻飘飘的。很快到了南极，两人下了飞船，奇奇感到冷得受不了。冰冰从背包中拿出一瓶药，给奇奇打了一针，奇奇马上不怕冷了。奇奇和冰冰在雪地上行走，看到了阿德雷企鹅、海象、海豹、贼鸥等珍稀动物。正当他们要回到飞船上去时，刮起了大风，卷起漫天雪雾。两人累得走不动了，这时看到两只很大的白鸟——信天翁，他们偷偷扑上鸟背，大鸟吃了一惊，驮着两个孩子，伸开足有三四米长的翅膀飞了起来。

　　风停息了，大鸟才停落下来，奇奇和冰冰发现他们落在海上的一艘大船上。这只船古色古香，船的木柱上刻着一行英文："詹姆斯·库克的'决心号'，他是世界上第一个球绕南极圈的南极探险家。"

　　没多久，两只信天翁又飞回来了。大白鸟似乎喜欢上了这两个孩子，驮着孩子又起飞了。到了岸上，冰冰和奇奇上了时间旅行飞船，向200年后的南极飞去。

当飞船再次降落时，已到达了200年后的极地城。奇奇看到这座城市被一个硕大的透明罩倒扣着，有4个人造小太阳。城市很繁华，有很多楼房、商店，房子是半透明的。冰冰说，他们用了凝冰剂，可把冰山雕刻制成各种房子，连路灯柱、电线杆、公共汽车都是冰做的。

奇奇参观了极光工厂。工厂的值班小姐介绍：太阳辐射出来的带电微粒被南极的地磁场吸引，微粒流同大气中的氢、氧等气体相撞，就产生不同色彩的极光，这是一种放电现象。工厂把极光收进房顶上的喇叭，再把它变成极光能，供给4个人造小太阳。

冰冰带奇奇参观了南极生物馆。当看到了南极鳕鱼时，冰冰说南极鳕鱼血液中有抗冻蛋白质所以不怕冷。科学家从鳕鱼血液中提炼出抗冻蛋白制成药剂，人注射了它，就不怕冷了。

明天，冰冰和奇奇都要上学了，冰冰驾驶时间旅行飞船，把奇奇送回了家。200年前南极的冰雪荒原和200年后繁荣的极地城，将成为奇奇永难忘怀的美好记忆。

《少年科学》，1993年第7-8期，庄秀福改编

不响的闹钟

张 磊

开学已一个星期，张小兵只有两天不迟到。因而被老师批评，还要他写份检查。张小兵为此十分烦恼，正当他像泄了气的皮球似的呆坐在家中时，他的爸爸出差回来了。妈妈告诉爸爸，说张小兵因迟到被老师批评了。

爸爸诡秘地一笑，从书包中拿出一个有魔法的闹钟。爸爸说，它能让小兵永不迟到。

晚上，小兵看着电视，上下眼皮直打架，心想："该去睡了，要不明天又要迟到了。"小兵走进卧室，一眼看到爸爸拿来的闹钟，他忙给钟定好铃，一头扎在床上，进入梦乡。

突然，他听到一种奇妙的声音。说来也怪，小兵的睡意一下全无了，神经立刻兴奋起来。小兵一睁眼，声音似乎又消失了。他朝桌上的闹钟一看，正指向6点。小兵不禁奇怪："闹钟怎么不响呢？难道闹钟坏了吗？"

这几天一到早晨6点，那种奇怪的感觉便产生了，使小兵不能再睡懒觉。小兵已经五六天没迟到了，老师也表扬了小兵。

然而，事情并非一帆风顺。一个星期日，小兵的妈妈上完夜班早早回家。妈妈发现小兵还躺在床上做"黄粱美梦"。妈妈赶快推了小兵，小兵却没有任何反应。妈妈着急了，正在此时，爸爸回来了。他见小兵昏睡，一点儿也不着急，拿起床边的闹钟，慢慢地转了转上面的一个红色旋钮，只见小兵一下子蹦了起来。

妈妈一看小兵醒了过来，一下子把他抱在怀里。小兵问爸爸为什么闹钟不打铃。爸爸笑说："因为它是哑巴。这台闹钟是我们科研所的新产品。它只是通过发射一定波长的无线电波来影响人的脑电波，从而实现催眠和治疗咱们小兵这种'小懒虫'。小兵昨天肯定玩过闹钟了，改变了它的功能键，使它变成了催眠钟，于是小兵便被催眠而睡着了。"

这时，小兵一下子抱住闹钟，一转功能键，大声说："现在我宣布：全家睡觉。"

爸爸的"别"字还没出口，一家人便都趴在桌子上睡着了。

《告别地球》，少年儿童出版社，1993年3月，修棣改编

潘 渡 娜

张晓风

作为广告画家的我，住在离纽约市区不远的公寓里。由于我在门上用油漆画了一个八卦图，认识了来找房子的刘克用。他是一位生化专家，我看得出，他是一个很特殊的人，一个处处都矛盾的人，一个痛苦的人。据他讲，当生化专家是很简单的，只需把溶液从一个试管倒到另一个试管，再倒到另外一个试管里就行了。可是我知道，实际上他也深深以此为荣。

两年后，刘克用说要给我介绍一个女朋友。他激动地对我说："你35岁，我却43岁了，我不会结婚了。你懂吗？我没有热情可以奉献给婚姻生活，我永生永世不会走进洞房了，我只会留在实验里。"他告诉我，这个女人叫潘渡娜，她的背景很简单，没有父母，受过持家和育婴的训练，且他是她的监护人。

随后，潘渡娜真的跟着他来了。一眼就能看出她的美，明艳照人。

她的皮肤介于黄白之间，头发和眼睛是深棕色的，至于鼻子，看起来比中国人挺，比白种人塌，身材长得很匀称，她显然受过良好的教养。她端茶的样子，她听别人说话时温和的笑容，她临时表演的调鸡味酒，处处显得能干又可亲。她什么都好，不由让人想起"增之一分则太长，减之一分则太短，着粉则太白，施朱则太赤"的古赋。她像是按尺码定制的，没有一个地方不合标准。比如头发，就是不粗不细，不滑不涩，不多不少，不太曲也不太直。五官也那样恰到好处地安排着，虽然美丽，但又不至于像绝色佳人；很能干，但又不至于掠美男人；很温柔，但又不至于懦弱；很聪明，但又不至于像天才人物。

　　可是，我一想起她，就觉得模糊。她简直没有特征，没有属于自己的什么，我对她既不讨厌也不喜欢。就像我柜子里的罐头食物，说不上美味，也挑不出什么毛病，让人有触到塑胶的感觉。

　　潘渡娜经常来，自己带着酒。我喜欢她的那些酒，还有她做的下酒菜。有一天，潘渡娜刚回去，刘克用来了电话，他的口气很强硬：

　　"你到底打不打算写订货单？"

　　我愣住了："什么货单？"

　　"潘渡娜。她等着结婚，她贴不起那么多的旅馆钱和酒钱了。"

　　"她不白吃你的，她有一笔财产，每星期可领到200元利息，你只会赚不会赔的。"

"如果你一定要拒绝幸运，我也没有办法，潘渡娜还不至于找不到丈夫……但我希望是你。"

我沉默了，因为我不知道除了沉默我还能做什么。

我与潘渡娜的婚礼在一座教堂里进行。婚礼结束后，刘克用把我们送回有八卦图的公寓。刘克用叫过潘渡娜，动情地说："不要讨厌我，也许我再也不会看见你了，从今天起你做大仁的妻子。你要克尽妇职。"然后又叫过我，把潘渡娜的手交给我。

"潘渡娜的英文名字叫Pandora，你知道吗？在古希腊的年代,众天神曾经选过一个完美的女人，作为礼物，送给一个男人。而潘渡娜是我送给你的礼物，珍惜她吧！"

那一刹，我深深地被感动了。刘克用哭了，他看起来好像是真正的牧师，给了我们真正的幸福。不过，那只是一刹间。很快地，他的近于歹毒的目光使我又迷惑又悚然。

婚后，我的生活还是老样子，只是刘克用不来了。潘渡娜是很能干的主妇，只是有时她着实太特别，她的有些话我也听不懂。

"他们有时教我中文，有时教我英文。不过，他们希望我嫁给一个中国人，一个东方的艺术家对我比较合适。"

我不免怀疑起来。

"他们是谁，你从前没有提起过。"

"他们从前不准我说，所以我没说。他们教我很多东西，他们教我吃饭，教我走路，教我说话，教我各种学问。"

"你的意思是指你的父母吗？"

"不是，我没有父母。真的没有，刘克用说，虽然世界人口有60亿，但只有我一个人是没有父母的。"

我想，潘渡娜或许有轻微的幻想症，也许她是一个弃婴，也许她有一段时间失去过记忆，或许这也是刘克用急于要把她出手的原因。

我没有想到我完全错了。一天，我回家时，发现我洗干净的颜料瓶都堆在地上，潘渡娜伏在上面，眼泪沿腮而下。

"潘渡娜，不要这样，这些瓶子容易碎，会扎着你的。"

"我想起来了，"她说，"我的生命便是这样来的，那里有很多很多玻璃瓶子。我被倒来倒去，我被加热，被合成，我被分解。我就是这样来的。"

在一个疯人院里，我终于找到了刘克用。刘克用告诉了我潘渡娜的秘密：

"潘渡娜不是普通的女人，她是我造的。生命并不像想象中那么神秘，我们只要掌握那些染色体，那些蛋白质酸碱度，就能制造出生命。潘渡娜是我们第一次的成功，我们试验了15年，做了上百万次试验，仅仅合成两个受精卵，另外一个小组用试管代替子宫，但只有潘渡娜顺利发展成为胎儿。我们用一种激素促进细胞分裂，在很短时间内，她便成了一个女婴。我们来不及再等两三年来观察她了，所以才让她在药物的帮助下尽快生长。事实上，你与她结婚时，她还不到3岁。"

没有字眼可以形容我的悲愤，我发现我成为一种淫秽的工具，我是表演者，供他们观察，供他们写长篇报告。然而，刘克用却说：

"当然，我们可以另造一个男人，但我们不能以两个假设的人去互证，那是不合逻辑的，所以我们选择了你。当我去看你的时候，潘渡娜已经是一个很美丽的女婴了，通过利用她的潜意识，通过'学习阶梯'，把她每一分钟都用在学习上。也就是说，一个婴孩可能在第5天的上午学眨眼最有效，在第10天的下午学挥手动脚最有效，在176—179天学习语言最有效，在200—219天学长句最有效，我们连1秒钟也没有浪费，花在她身上的金钱比太空发展项目多得多。至于人力，差不多是9000名科学家的毕生精力。老实说，耶和华算什么，他的方法太落后了，必须一个男人和一个女人，然后十月怀胎，而且产品也不够水准，大多数的人性软弱，在身体方面容易生病，在心灵方面易受创伤。而潘渡娜不是这样，她不生病，不犯罪，不受伤。我们还给了她足够的黄体素，能够生孩子与具有母爱……"

医生证实潘渡娜怀孕了。但后来又发现她的肚子却逐渐消扁。一天，她对着垃圾箱里一个玻璃瓶说："我喜欢那个东西。我厌倦了，我觉得我的存在是不真实的，我究竟少了什么东西？"然后，她闭上双目，死了。

《台湾科幻小说大全》，福建少年儿童出版社，1993年6月，沈定改编

超人列传

张系国

2241年，世界一流的物理学家斐人杰成了地球上第126位超人。他的脑子已被移植到机器人脑中，而他那魁梧英俊的躯壳则被陈列在超人馆里，成为最引人注目的一具标本。

脑移植手术后，斐人杰在冷藏室门边的镜子前端详了好一会儿。镜子里映出了他的崭新形象：圆筒形的胸筒，下面伸出两根细细的钢柱算是他的腿；两只手臂像百折叠的橡皮管，管口是两只钢爪；原来脑袋的部位，改装了一具半球形可自由转动的电视眼，顶上还伸出两根天线。斐人杰回头看看冷藏室中从前自己的模样，不由得难过起来。

那么，斐人杰为什么要做超人呢？这是因为超人的寿命长。以往人类的寿命至多有100年，现在科学进步了，也许能延长到200年。但超人不同，他只有一个脑子，却有100亿个脑细胞，即使半数脑细胞死亡，超人仍可活下去，因此他的寿命至少也有2000年，可以为科学研究做出许多贡献。此外，超人体积小，只需要少量的氧气和矿物质等，就能长期生存下去。

　　对此，当今最杰出的脑移植专家胡博士的见解更为精辟。她认为，超人只有精神没有肉体，没有人类应有的感情，因而是最理性的人。现在，世界各国一流的政治家、管理科学家、法律科学家、军事科学家，都是超人。事实上，居留在地球上的50多位超人，可以说已控制了整个世界——7位总统、18位国防部长、21位经济部长，其余的也都在文化界、政治界活跃着。超人们是有史以来最有效率的政治管理科学家。近几十年来，国际争端几乎绝迹，核战争的危机已烟消云散，世界人口得到合理控制，饥饿和贫穷绝迹，世界各国共同发展经济，欣欣向荣——好一个世界大同的局面！这不都是超人的功劳？

　　太空研究总署让斐人杰去任太空巡视员。临行前，斐人杰会见了前妻丹娜。丹娜是位窈窕的法国女郎，也是斐人杰这一辈子唯一全心全意爱过的人。她认为，没有爱情，生命就没有意义，因而坚决反对丈夫去做超人。可是，斐人杰却不肯更改自己的决定。他们终于分手了。

　　"你已经不再是你了！"丹娜的眼神，透露出困惑、不信和失望，斐人杰急得抓耳搔腮。丹娜抬起满是泪痕的脸庞，猛地站起来，"现在你做你的超人，我走我的……"

　　"丹娜，请别这么说。即使成为超人，我还是爱你的，永远爱你的。让我俩一块儿飞向蓝色的月亮。"她怔怔地站住了。他一时忘乎所以凑过身去，张开双臂。她突然惊醒，轻叫一声往后一闪，他马步不稳，推金山倒玉柱似地摔了下去。而后，他听见她急匆匆地跑了出去。

　　斐人杰乘坐的X-15号太空船在星际间航行了15年。距太阳系最近的星系，叫阿尔法森特里。从巡视手册中，斐人杰查出有一位研究高能物理的提摩太博士住在该星系的第4颗小行星上。已15年没讲话的斐人杰渴望与人交谈，他迫不及待地向这颗红色的星球发出一连串信号，电动收报机突然有了反应。斐人杰按下电钮，译好的电文便直接送入他脑中："我正在进行一项重要的实验，没有时间接待你，请在50年后回航时再到鄙星来。"斐人杰万万没有料到提摩太博士竟会挡他的驾。万般无奈之中，他只得指示太空船向第二个目标驶去。

　　5年后。太空船来到第二个目标星球。住在那儿的，是数学家戈德博士。戈德欢迎他到来，还设宴为他接风，但是斐人杰没有嘴和肚肠，面对佳肴却无福享受。而戈德拥有自行设计制造的胶泥肉体，不仅会吃饭，会打嗝，还会放屁及闹消化不良。戈德吩咐机器人阿丁也替斐人杰造一副骨架和肚内的精细机器，然后再依斐人杰的指示，糊上外面的肌肉和皮肤。

这下，斐人杰试穿上胶泥肉体，揽镜自照，果然英俊潇洒，仪表非凡，看不出是个泥塑土偶。他得意洋洋地跑回戈德的研究所。真是不该有事，戈德不在，斐人杰闯入了数学家的密室，意外地发现里面的大床上竟躺着复制出来的玛丽莲·梦露……闻讯赶来的戈德暴跳如雷，把斐人杰撵出了这个星球。

此后的50年里，斐人杰又访问了许多超人。他们有的像提摩太博士那样，数百年如一日埋头苦干，从事研究工作；也有半数的超人已放弃研究工作，他们无颜回地球，便在太空里游荡。不过，能像戈德那样金屋藏娇的并不多见。

在太空游荡的第89个年头，斐人杰终于接到太空研究总署的命令：立即返回太阳系，参加在月球上召开的银河系超人联席会议。原来，火星第七研究中心的提摩盛科博士和拉维博士经过200年的研究，制造出了第一个人工脑。

联席会议上，两位博士的得力助手布朗博士介绍了人工脑的发明和人类的未来："人脑大约有100亿个脑神经细胞。我们在研究中设法直接制造脑细胞，让脑细胞在特定的环境下自己组织成新的、更复杂的集丛，就这样造出了人工脑。它有5千克重，比真正的人脑重不了多少，但它的功能却跟人脑完全相同。在初制成时，它也跟婴儿一样混沌未开，但是它会学习，也能记忆，而且学得比人更快。只要经过5年的教育，人工脑就具有30岁成年人的智慧。再训练两三年，它就可以成为一位优秀的科学家。以人间的标准来看，人工脑至少是天才，有的还是超天才！"

"我们知道，超人的出现带来了近三四百年科学的突飞猛进。但是超人还有许多缺点，生命有限不说，他的智慧也受脑的体积所限。至于他的理性，还是弱得可怜。不少超人竟会对研究毫无兴趣，甚至有的还不能摆脱性的烦恼！更普遍的是，许多超人对肉体仍有无端的向往。这说明超人并不是最完美的人类。"

布朗顿了一顿，又继续口若悬河地谈了下去："现在，我们有了人工脑。它不仅寿命长达1万年，大小可任意改变，其智慧的发展更是无止境。它具有人类的一切美德，却丝毫没有人类的缺点。毫无疑问，它是人类进化的最终目标！"

"因为地球的环境最适宜培养人工脑，而且我们可以利用地球上的人力大批培植人工脑。但是凡人如果知道人工脑是什么玩意儿，我们又要利用他们来做事，是不会心甘情愿的。不过，我们只要在凡人的大脑某部插入探针，便可完全控制他们。我们可以一方面要凡人帮助培植人工脑，一方面禁止他们继续生育后代。这样一两百年后，凡人自然绝种；两千年后，超人也都过世。人工脑从此生生不已，人类的进化也达到了最高峰！"

会上争论十分激烈。斐人杰费尽唇舌，死命地为凡人辩护。他有时觉得这是为保卫全人类而战，有时又觉得似乎专门为了他的丹娜。他恳求，他怒吼，他悲泣，他雄辩，他狂呼，但都没有用处。超人们听得进布朗冷静的分析，却对他感情用事的呐喊嗤之以鼻。只有戈德博士始终和他站在一起。会议最后表决通过了布朗的提案：控制凡人的工作，于最短期间内实现人工脑大量增产，为未来的新世界铺路！

会议结束了。斐人杰颓然坐下，布朗拍着他的肩膀告诉他："其实，我的脑子就是第一个人工脑。"

不多久的一天下午，芝加哥黑人区附近出现了一位高瘦的东方青年，他就是斐人杰。在一家啤酒店里，斐人杰找到了自己的女儿斐曼丽的孙女爱弥丽。爱弥丽身材窈窕，依稀有点像丹娜。他们一起去托儿所接爱弥丽的儿子保罗和邻居麦考伯太太的小女孩儿。路过一家超级市场时，爱弥丽进去买菜，不料她出来时斐人杰和两个孩子已不见踪影。站在旁边的一个老头儿给了爱弥丽一张纸条，只见上面歪歪斜斜地写道："为了拯救人类，这两个孩子我带到另一个世界去了。"

斐人杰把两个孩子放进太空船的低温高压冷藏库里，他们马上被冻成了冰柱。他驾着太空船在银河系漂泊了1000年，最后终于在银河系偏僻的一角找到了一颗和地球环境差不多的小行星。斐人杰把太空船降落在这颗行星上，他发现行星地表已为原始森林所覆盖，那里栖息着恐龙、翼手龙和小猿猴。他决定让他保存的两条生命也加入它们的行列。

斐人杰把两个小孩儿解冻，把男孩叫亚当，将女孩叫夏娃。他为孩子们建立了乐园，把凶猛的动物驱逐了出去；待他们长大后，又把他俩赶出了乐园，让他们去闯荡世界。这时，斐人杰觉得自己任务已完成了，活了近2000年，也该休息了，他上了太空船，向无垠的太空驶去。

不知过了几世几劫，亚当和夏娃的后代逐渐繁殖，遍布大地。此时，斐人杰已死在距这颗小行星50光年远的一颗冷星上。他的面貌仍栩栩如生。离他尸体不远处，有一座雕像，雕的是一个娇小玲珑的女郎。在雕像的底座，刻着一行小字："丹娜，我永恒的爱。"

《台湾科幻小说大全》，福建少年儿童出版社，1993年6月，肖明改编

绿 蜻 蜓

张之杰

赵博士的发明就要成功了。这几天，他用各种动物做实验，都得到了成功。接下来，只剩下用自己做实验了。

一想到以自己做实验，赵博士就心跳得厉害。他考虑了两天，最后把心一横，脱光了衣服，钻进一部特制的机器中。5分钟后，

房间内的指示灯连闪，在一台电脑的控制下，一整套机器开动了。又过了5分钟，房间中一下子静了下来。这时，钻入机器中的赵博士不见了，却从机器中飞出了一只碧绿的蜻蜓。

赵博士50来岁，未婚，学的是动物学，在大学里教动物行为学。他是个怪人，怪得竟然把自己变成了蜻蜓。

绿蜻蜓绕着房间飞了一圈，停在那架机器上。他——那只蜻蜓，也就是赵博士——知道，15分钟后，电脑又会自动开动，他只要在此之前飞入机器中，就可以恢复原形。

要不要飞出去玩一玩儿？这时正是夏天，院子里响彻着蝉声。他压抑不住飞出去看看的冲动，鼓起勇气飞到附近的一根树枝上，前面，有一只草蝉在大吼，赵博士想过去捉弄它一下。刚要行动，他想起了"螳螂捕蝉，黄雀在后"那句话，赶紧回头看看。

回头一看，不禁吓出一身冷汗来。一只鹡鸰落在他身旁的枝丫上，他赶紧藏在一片树叶后头。那只鹡鸰叫了一会儿，引来了一只同伴，它们叽叽喳喳地叫着。赵博士知道，那对鹡鸰是一公一母，他也知道，鹡鸰是食虫的，要是给它们看到了，八成凶多吉少。赵博士开始后悔自己太鲁莽，不该飞出实验室。

赵博士之所以要变成蜻蜓，是因为蜻蜓飞行能力强，天敌少。为了安全，他将蜻蜓设计成绿色，这样停在绿叶上不容易被看出来。赵博士知道昆虫的眼力不好，就对绿蜻蜓的眼睛重新进行了设计，使之既可以看远，也可以看清任何细微的东西。

时间一分一秒地过去，赵博士急得如热锅上的蚂蚁。那两只鹡鸰真不知趣，两条腿像扎了根似的，就是不肯离开。

正在焦急，忽然邻枝上跳出一只树蛙。赵博士大吃一惊，他知道蛙类只能看到动的东西，看不到静止的东西。那只树蛙跳了两跳，竟然落在他的身边。赵博士连叫不好，更是一动也不敢动。

他知道，蛙类捕食时是将口对准猎物，再伸出长舌把猎物黏住。他打量了一会儿，证实那只树蛙的口和他并不呈一直线，放心不少，要命的还是那对鹪莺像在搜索什么似的。赵博士看在眼里，不禁直打哆嗦。

快回去！快回去！他几乎要鼓起勇气飞离那片停栖的树叶，但那两只鹪莺的眼光一瞟过来他的勇气就消散了。

他像是听到实验室中那面挂钟的滴答声。如果到了时候还回不去怎么办？那时，他只好当一只蜻蜓，在大自然中生活。他那一肚子的动物行为学知识虽可使他生活得安全些，但他的苦恼也将比任何一只蜻蜓都多。再等等吧，好死不如赖活啊！

时间在焦躁中一秒一秒地度过。皇天不负有心人，忽然，那对鹩莺不约而同地飞走了。赵博士如逢大赦，一翅膀飞回实验室。迟了！望着刚刚开动的机器，他脱了力似的，翅膀再也不听使唤，一头栽在地上。

《台湾科幻小说大全》，福建少年儿童出版社，1993年6月，肖明改编

造泥俊荧

赵 杰

联合国秘书处响起了一阵刺耳的警笛。联合国国防部长内森·弗尔德，正向特警队发布命令："特警队分5队封锁出入联合国办事处的各个道路，在天亮前擒获'K-2'病毒携带者卡儿·菲力浦。"这是怎么回事呢？

原来，弗尔德刚接到联合国情报局的消息，菲力浦是西欧某国打入联合国的间谍。他盗窃了联合国生物研究院新培养的"K-2"病毒，自己却被感染了。这种病毒的生命力极强，而感染媒介只需通过呼吸便可由空气进入健康人体，从而损伤大脑。若不及时抓获菲力浦，让病毒扩散，后果不堪设想。

在启明星刚升起时，罪犯已被抓获。弗尔德打开闭路电视进行审问。菲力浦被关在一间密闭室里。弗尔德问菲力浦盗窃病毒后，到哪儿去了？菲力浦说："我去过刚散会的参议院会场，躲了一会儿，又去了地下室……再没去别处。"

弗尔德马上下令，封锁一号地区，立即将病毒感染者隔离。弗尔德知道，这种病毒虽不能置人于死地，但却会使大脑机能丧失。经过1个多小时检查，病毒已被控制，但参议员中有2/3的人已被传染。病毒的副作用会使他们成为一个个半傻子，因此只能将他们以

及菲力浦关在特制的水晶屋中，接受太阳紫外线的治疗。

正当弗尔德想松口气时，联合国航天部部长、物理博士，华人郝杰忽然闯进来。他递给秘书长一份报告。原来，航天部通过天文望远镜发现一颗小行星正向地球撞来，估计再过150多小时，就会与地球相撞……

秘书长召开紧急会议，会议认为，只有集中王牌导弹摧毁这颗小行星。但要这样做必须要有参议院超过2/3的票数同意，可如今参议院中大多数人已染上了"K-2"病毒，他们的闭路电视发言，都是语无伦次……

时间仅剩3天了，郝杰心中十分焦急。这天中午他驱车去弗尔德处，商议一个新计划：动用联合国国防部驻世界各大洲的秘密导弹基地。可这也必须由参议院通过，但参议员们无法开会。时间一秒一秒地过去了，天文台又打来电话，说那颗小行星已改变轨道，以更快的速度飞，还有10小时到达地球。

弗尔德急了，他和郝杰经过慎重考虑，决定动用各大洲导弹基地。他们立刻投入了紧张的工作。3个小时后，那颗小行星已出现在人们的视野中。郝杰和弗尔德立刻将各种指令、数据输入电脑，顷刻间，一枚枚远程星际导弹飞离地球，向小行星步步逼近，瞬间小行星被摧毁了，同时还释放出大量特殊的粒子射线到达地球。而在水晶屋中的议员们，受到这种射线照射，却恢复了正常。

成功了！而郝杰、弗尔德却被最高法院以"私自动用军火罪""破坏环境罪"判处死刑。第二天布告一发出，却遭到舆论界的强烈反对。参议院经过一天认真分析、表决后，全体一致通过：修改法典，赦免郝杰、弗尔德。这样，他们便成为联合国历史上第一例被赦免的人。

《告别地球》，少年儿童出版社，1993年3月，修棣改编

列车情话

赵如汉

我在一个小镇下了车，看着弯弯的月亮，想起武汉的小莉。实际上昨晚我们刚分手，但我觉得仿佛已分离了很长时间。

天空出现一片红光。有人在喊："地震！"人们开始四处逃窜。大地猛然一震，我摔倒在地，失去知觉。等到我清醒时，大地已平静，人们纷纷地往火车上走，我随人群上了火车。

我看到火车座位上的人和行李架上的包都变了样。我在靠窗的座位上坐下，刚才的地震像一场梦，现在一切如常。列车开动了，坐在我对面的年轻人叫吴天，是到成都去参加世界科幻年会。吴天是科幻作家，科幻小说写得好极了。他说，明天是20日，是世界科幻大会开幕式。我一怔，明天是19日，我说他日子记错了，吴天说，他是18日在武汉上车的，今天应是19日。后来，他把话题转向他写的科幻小说《遗留在历史上的爱》。

吴天说，这篇小说是根据他亲身经历写出来的。去年8月他去张家界旅游，结识了一位姑娘叫于倩。他们在夫妻岩旁山盟海誓。第2天，手拉手上黄狮寨。他们沿着悬崖行走，一边欣赏，一边谈笑，突然一个小男孩滑了一跤，滚向悬崖边。于倩冲了过去，托住小男孩，而她却滑下悬崖！说到这里，吴天眼里盈出泪水。

我被吴天所言打动，问道："现在你怎么样？"吴天说，从那以后再也没看上别的姑娘。

"吴天，这么晚了怎么还不休息？"对面上铺那个姑娘伸出脑袋喊着。吴天呆呆地望着她，突然喊了起来："于倩，你怎么会在这里？你不是摔下去了吗？""你胡说什么呀，我不是好好的吗？"

吴天拍了拍脑袋，抓住列车员问："今天是什么日子？"列车员说："今天是17日！"我吃了一惊，这怎么可能呢？吴天倏地站了起来说："我知道是怎么回事了！刚才不是真正的地震，而是一场时空震动，把我们由另外的时空震动到了一个平行的世界上。在这个平行世界上，于情没有死，而是和我结成了夫妻。这太妙了！"

我被他这套奇想所震撼，看来只能这样解释了。但我冷静一想，吴天是科幻小说家，编造故事自然是他的拿手好戏。这时在车厢一头传来一个姑娘的喊声，是小莉向我跑来。

我相信了吴天的话。

《科幻世界》，1993年第3期，方人改编

无为有处

郑文豪

一个可以在各个世界通行无阻来去自由的画家，选中了城中公园树丛中的暗处为他的落脚点。他在公园里了绕了几圈，5分钟内就学会了这儿的语言。第2天，他戴着面具，到市中心街头广场，信手画了几幅画。

人群如潮汐般，涨了又退，退了又涨，但一天下来，他在街头卖艺一无所获，傍晚时分又疲又饿地回到公园。他到过无数世界，那里的人们都各有爱好：有的偏好风景画，有的独爱抽象，有的对秽物作画有兴趣，有的喜欢画自己的耳朵，有的崇尚以身体各个部分作画，有的强调无意识任意挥毫……为此，画家以那里流行的画派作为各个世界的代名：自然世界、抽象世界、扒粪世界、顺风世界、器官世界、达达世界……现在，他还不能肯定这里是不是流行肖像画。但已决定明天要为别人画肖像。入乡随俗是他最无

奈的事，上回在扒粪世界，他用了1个月才忍得住作画时强烈的反胃……

　　一周下来，他了解到这个世界的大部分人都喜欢风景画和肖像画，他在作画时认识了一个美术系毕业的女孩儿，女孩儿十分欣赏他的写实风格，并认为他不是这个世界的人，因为他的画太特异。画家告诉她，他出生在一个纯白的地方，出生时那里只有一副画具。他是一个流浪汉，要到任何一个世界，在纸上留下这个世界的一部分景色，他相信有多少可能就有多少个世界。

　　女孩儿问他是怎么来到这个世界的。他告诉她说："我要去哪个世界，只要在自己的纸上画下它的一部分，一跃而入，我便置身其中。而框内的事物我可以把握，那是必然的。画边缘以外的任何事物就全属偶然。我画个山，山后有些什么——城镇、湖水、海洋还是恐龙？就不是我能猜测的。我画个水，水下的大千世界也只有等我跳进去后才知道。我能捉得住的也只有少部分的必然，其他的都是偶然的。"

女孩儿幽幽地说："我们都是你笔下的虚幻产物吧？"

"不！不应该是这样的。我虽然怀疑过，但一直觉得每个世界都是真实存在的，而不是我创造的。"

女孩儿稍开朗地说："有个哲学家说过，我们的这个世界是所有世界中最好的。"

"嘿！我到过许多世界，每个世界的人都说这话。"

女孩儿想跟他到其他世界去看看，但他告诉她这是不可能的，因为他试过千百遍，无法把一个世界的东西带到另一世界，唯一可以离开的是画具、他本人和对这个世界的记忆。但他可以带女孩儿在这个世界之内的任何地方，包括上下四方和古往今来行走。

女孩儿发现画家是靠手中的画笔才能通行各个世界的。画家告诉她，他生下来时，笔就在他手上。女孩儿认为就像贾宝玉出生时口衔一块玉一样，并在他的画笔杆上刻了一行字："假作真时真亦假，无为有处有还无。"画家只用了12分钟念完女孩儿借给他的《红楼梦》，看完全书，感觉方寸已乱，他从来没有感到自己是如此的无知，他感到来自故乡的呼唤。"该走了，下一个世界正在等着你呢！"900多万个世界驿站齐声传达着母地的警语。他清楚，他的白色母地绝不会让他停驻在任何宇宙的一角，他的任务是流浪及访问，但他已开始和藏在自己血液中的使命相抗衡。这里的女孩儿已经让这个世界成为最美好、最有情，正如女孩儿说的——这是最好的一个世界，而他找到了，但又必须离去。他恋栈了。

画家为女孩儿做一幅最后的肖像。他对女孩儿说："你不要害怕，我要离开这里了。"

"是母地的召唤！我必须到下一个陌生世界去。"

女孩儿眸中透着泪光。他见到了其中的体谅、深恨和无奈。

"你愿意跟我同行吗？"他停下画笔。

"我走不出去的……"

"你可以的，我会带你出去的。这个世界没有为你留任何窗子，那么让我来给你开一扇窗，让我带你跃出这世界，我们一起渡那永恒。我会把你画活的，你的生命会完全投射在纸那面的另外一个世界里。我将随你而去。"

　　"那……那真是我吗？画里的人就是我？那我在哪里？"她战栗着说。

　　"你当然就在画里的另一个世界！只要我们有信心。确信吧！我虽然从未这么做过，但我相信我做得到。我……我一定带你走。"他哽咽着说。

　　暴风雨来了。他日以继夜地一点一滴汲取她内在的生命和精神。来自母地的通牒越来越紧密，一声声地呼唤，各世界驿站忙不迭地传诵那无休止的警语，但他没有为求快速而稍微放松她的画像。这是第一幅生命的画像，不容许有丝毫偏差。他觉得他的生命融汇了她的生命，一起投射在画纸上。

　　暴风雨持续了4天，他4天不眠不休地站在画架前。女孩儿僵直地坐在椅子上，风雨早已夺去她身体大半部的热量，她仍安稳地带着柔和的目光，期待他真的将她带走，带到遥远又不知的世界。她不断燃烧仅有的生命力量，但她却未曾残喘过。画架上的她逐渐有了活力，但椅子上的她却拼命挤压着余有的精力。画家则废寝忘食地转换她的生命于纸上。他渴望她真能跃然于纸上，并和她在另一个世界相会。

　　第7天，大雨才停下，她的皮肤呈现出青白色，长发枯竭而发黄，指节、手臂和小腿都已僵硬。她微笑着，只剩双眸闪现一丝微弱的光芒。他用尽最后一点儿力气盯着那丝光芒，在纸上画下最后两笔。他知道他成功了，她正在另外一个世界等待他。他高兴得想狂喊，但是他已经提不起任何力气了。他困乏地爬过去，摸摸她又硬又冻的手，他也觉得自己燃尽了最后的一点儿生命。他听到900

多万个世界正传来两个地方的信息，一个是下达最后的通牒，另一个是温柔的呼唤，他想起了她在他笔上刻的两行字。

当暴风雨过后的第一道阳光照进屋内，照在肖像和两具拥抱的尸体之间，屋内的水雾中缓缓划出一道彩虹。

《台湾科幻小说大全》，福建少年儿童出版社，1993年6月，沈定改编

梦断敦煌

朱海龙

龙翔宇接到教授发来的视听消息，要他立刻赶到敦煌基地。他知道一定发生了重要的事情。

直升机把龙翔宇送到了基地，他推门走进了会议室。室内一片漆黑，正在播放资料影片，他听到高教授的声音："这是莫高窟山发现的古战场遗址。这些焦黑的痕迹说明了一场大火的劫难。"灯亮了，高教授向龙翔宇点点头，并宣布下阶段工作由龙翔宇接替。

考察队进驻了敦煌莫高窟。两根高高的风蚀柱顶部相连，像南美印加人的"太阳门"。龙翔宇静坐在大门下，一支驼队缓缓而来，微风送来了驼铃声。他耳边响起熟悉的声音，龙翔宇转过身，吃惊地瞪大眼睛，是昔日女友方华。

5年前，刚大学毕业的龙翔宇爱上同班姑娘方华，一直没表白。正当他打算向姑娘表白，来到她家时，看到她门前贴着一个红"囍"字。他悄然离去，把全部精力献给了科学研究事业。龙翔宇怎么也没料到，此次敦煌之行会遇到方华。

原来，方华新婚不久，一次雪崩夺去了丈夫的生命。她把痛苦藏在心里，默默工作着。她是考察队的刘队长请来的，她也没料到会遇到龙翔宇。他的神态、眼神，那么熟悉，又那么陌生。龙翔宇

静静坐在方华身边，直到暮色渐起。

　　一个戎装武士，手握长矛倚着太阳门，双眼望着远方。所有人都瞪大眼睛围在挖开的大坑旁，惊异而兴奋地注视着太阳门下的戎装武士。龙翔宇分开众人，向太阳门走去，他在武士前面1米处停下，面对面地站立了很久。忽然，他眼前亮起一道闪光，天旋地转，龙翔宇重重地摔倒在太阳门下的沙地上。

　　两天后，龙翔宇苏醒了过来。考察队刘队长带着龙翔宇来到基地的信息分析中心，他在一个终墙显示屏幕前，按下绿色按钮，显示出一系列分析结果：唐代武士身体无腐烂迹象，他活在每一个时代。

刘队长告诉龙翔宇，击倒他的那束光是从武士铠甲上的护心镜发出的，它上面带有能量。龙翔宇摆弄着圆盘形的护心镜，他发现这护心镜圆盘与仪器堆中的一个信息盘一模一样。龙翔宇把护心镜推进分析仪，按下红色键。

每个人面前闪起一道道光彩，听到奇怪的声音。所有人都奔出洞，看到太阳门在闪烁奇光。龙翔宇喃喃道："时间大门。"1分钟后，护心镜从分析仪中自动退出，光彩消失，又恢复平静。

龙翔宇向刘队长提出要走入时间大门，方华为他担心。龙翔宇说："不入虎穴，焉得虎子。"方华摘下项链，轻轻塞到龙翔宇手中，龙翔宇握着项链，坚定地向时间大门走去。

刘队长把护心镜轻轻推入时间加速器。

龙翔宇觉得浑身火辣辣地疼。他慢慢睁开眼，看到身旁蹲着一位老人和一位姑娘。他又把目光移向自己，吃惊地发现自己身披铠甲，鲜血浸透衣衫。忽然，眼前一黑，他又晕了过去。当他再次醒来时，发现这是一个山洞，洞壁上雕刻着各种佛像、飞天。洞外山坡下是一个河谷，就在河谷的一个小丘上，高耸着两个巨大的风蚀柱，它们在顶部相连。

这是太阳门，难道在做梦？龙翔宇终于知道：自己已置身于公元887年唐代西域的敦煌。那老人是宫廷画师，为避战乱，老人带着女儿翠姑来到敦煌，一面绘壁画，一面修史书。

龙翔宇很快适应了这里的生活，他帮老人挑水、干活；帮翠姑牧羊，并把这一切摄入项链里的微型存储器里。每到黄昏，他坐在太阳门下，在过去的时光里回忆着未来的一切。

经过几天冥思苦想，龙翔宇终于明白了"时间大门"的秘密：敦煌地处西北大漠，经常发生的雷暴和闪电，扰乱了地球磁场，电磁波导致时间序列错乱和偏转，扭曲的时间便在这一刻敞开一个大门，正好在风蚀柱这里。电磁波击中武士的护心镜，使它成为一个磁体，不但记录了能量的冲击，还保存了时间记忆。这就是武士

"不死"的原因，而时间大门的开启则唤起了它的记忆。

龙翔宇把这些都存入微型记忆存储器中。在那个鸡心项链里还有个微型联络装置，可把他准确的时空位置通知基地。

老人从边镇带来消息，突厥骑兵袭击附近村庄，边民备受战乱之苦。老人还告诉龙翔宇，边镇将有一支骑兵偷袭突厥，要他和他们一起走。龙翔宇穿上战袍，披上铠甲，走到洞外。

两支骑兵在河谷里展开一场血战，龙翔宇在人丛中冲杀突击。忽然，他感到一把锋利的刀砍在后背上，眼前一黑，栽倒在黄沙里。不知过了多久，龙翔宇从昏迷中醒来，天空亮起一道闪光，一串炸雷滚过，时间大门在两个高大的风蚀柱中慢慢开启，他按了一下项链里的联络装置，就滚下了山坡。

龙翔宇拖着疲惫的身躯爬到太阳门下。他听到过去和未来两个声音在呼喊，他摇晃着爬起来，握着染血的长矛，倚在风蚀柱旁。天边又亮起一道闪光，夜空被撕开一个巨大的口子。时间大门关闭了，"太阳门"坍塌了，"不死"的武士消失得无影无踪。

《科幻世界》，1993年第11期，施鹤群改编

太空炸弹

艾砥彦

月球基地的警报器响了。我是基地的卫队队长，和助手小燕一起赶到指挥部。指挥部巨大的屏幕上，一架貌似火箭头的飞行器正在星际间运行。我说："我好像见过这家伙。据记载，在相隔4.3光年的南门二附近没有文明存在，地球人在近百年内也没有发射过这种飞行器，而且它好像不具有动力。是谁？为什么要发射这样一架无动力的粗糙飞行器？"

　　小燕说："别瞎猜了。去把它捉回来，就什么都清楚了。"于是，我和小燕驾着"白鸽"号Z-13飞船迎着不明飞行器疾驶而去，后面跟着3艘小型战舰。飞出太阳系不远，就接近那个飞行器了。我大声命令："准备战斗！"立刻，各船发射出强大的超强磁力射线，将不明飞行器控制住了。我命令："1号舱打开，5号仓库装入。"过了一会儿，我来到5号仓库。那飞行器个头挺大，表面锈迹斑斑，上面还有汉字，我仔细辨认：宣和六年……

　　突然，飞船内警报器响了，接着"轰"的一声，我便失去了知觉。不知过了多久，我听到有人在叫我，我睁眼一看，是小燕。我问她到底发生了什么事，她告诉我那个飞行器内的炸药突然爆炸，我离得太近，所以受了重伤。

我特别关心飞行器上的汉字，小燕就驾车把我送到研究室。在那里，我见到了飞行物上的一块残骸，上面有几个汉字：宣和六年浙西王升造。咦，这是我前几年在北京航天博物馆里看见的那架古代飞行器上的一行字。宋朝宣和年间一个叫王升的人造了两架飞行器，其中一架已填满了火药，被乱兵点燃升天了。难道"太空炸弹"就是这架飞行器？

小燕说："我看，一定是在宣和六年，即1106年，这家伙被乱兵点燃后，由于炸药充足，推力足够，使它脱离地球进入了太空。在茫茫太空中，它幸运地躲过了一切障碍，最后在南门二附近被星球的引力改变了航向，回到了太阳系……"

我说："哦，它从1106年飞出地球，又在2060年返回地球。那它算是世界上第一架航天器了。"

《科幻世界》，1994年第4期，马义改编

最后的大师

陈啸松

印象派大师休斯在客厅里等着一位从未谋面的客人。一星期前，医生诊断休斯患了绝症，将不久于人世。全球各大媒体报道了这一消息，顿时，休斯的画价暴涨。当休斯为自己准备后事时，收到一封署名为道尔顿的来信，说他将于27日下午7时造访，并说此次会面关系重大。

7点整，道尔顿来了。他自我介绍说，他是医学博士，是"生命和疾病研究中心"的负责人，他用毕生心血研究出道尔顿一号抗体，可以治愈目前已知的绝大多数疾病，只是价格昂贵，注射30次，要400万美元。

　　道尔顿的话打动了休斯的心，反正自己有钱，同意接受治疗。于是，道尔顿按时给休斯注射道尔顿一号，4个月后，休斯大师用一生积蓄换得了健康。

　　为了答谢道尔顿和他研究的抗体，休斯大师召开了一个记者招待会，宣布他已恢复健康并向大家介绍道尔顿一号抗体。

　　一个星期后，休斯感到不适和头晕，就打电话给道尔顿。道尔顿称这是正常现象，道尔顿一号是存在一些副作用，不过，另有一种叫作"弗克里"的药，可以解除这些副作用。1个小时后，休斯饮下了弗克里，不适全消，可24小时之后，不适又出现了，而且更厉害。休斯再次要求道尔顿送弗克里来，但道尔顿说，"弗克里"极昂贵，要50克黄金一杯。他让休斯先付500万美元。

休斯便去找他的经纪人查理，要求预支500万美元。查理说："哪来这么多钱？"休斯认为，可以再卖几幅画。查理说："自从那次记者招待会说你康复以后，你的画一幅也卖不出去了。"

休斯没办法，只得再找道尔顿，请求赊几杯弗克里，但道尔顿客气地拒绝了。

休斯四处借贷，却毫无结果。他彻底绝望了，取出小手枪，"砰"的一声，永远摆脱了痛苦。

次日，休斯大师的遗作价格飞涨。

《科幻世界》，1994年第7期，马义改编

关闭天空

戴 查

第二次世界大战时，日本一艘飞艇在"龙三角"海域失踪。失踪前驾驶员留下了一句话："天空发生了怪事……天空打开了……"

美国五角大楼把这段话的录音和飞艇失踪资料交给迈尔，要他负责调查这件历史疑案。

迈尔飞往亚洲，身上带着一把钥匙。美国为了防止外星人从龙三角上空入侵，在菲律宾克拉克空军基地部署了核导弹。这把钥匙能在攻击指令下达后，关闭这种武器。

3天后，迈尔乘直升机飞往龙三角，突然罗盘发疯般地旋转，天空出现一个黑洞。迈尔急忙对着传音器喊话："我正被黑洞吸进去，如果我12小时后未安全返回，请实行核攻击。"

刚讲完，迈尔只觉眼前一黑，晕了过去。当他醒来时，发现自己正躺在黑洞之中。猛然间他发现身边站着一个人，这人竟是当年在龙三角失踪的日本飞行员山本。他用手摸了一下山本，身体却产

生了一阵刺痛。他站起身，又发现一个没有耳郭的人。这人自我介绍道："我叫马丁，是地球的第二代人。地球上的人类已经毁灭过5次，你是属于第六代。我46岁时，建成了一座时空隧道。人只要进入这个隧道，就可以进行时空旅行，但还会染上超时空细菌，这种细菌能置人于死地。山本便是染上这种细菌而死的，刚才你触到山本，你也染上了这种细菌。对这种隧道不能使用核能，因为核能会使超时空质子裂变，使隧道不断扩大，那将产生不可估量的后果……"

迈尔知道情况紧急，决定马上回去。由于隧道的不稳定性，他被阴错阳差地送到了英国。迈尔大吃一惊：从英国到菲律宾起码要飞10多个小时，而离核攻击开始不到12小时了。于是，他马上登机飞往菲律宾。当他到达克拉克空军基地时，发现离攻击开时只有5分钟！

然而，控制中心设在基地大楼的第18层，而且所有通道都已被核污染，人进入通道只能活四五分钟。迈尔忍着全身剧痛往楼上跑，当他将钥匙插入匙孔时，便倒在地上，什么也不知道了。而这时核武器发射的倒计时已数到"六、五、四……"

当迈尔醒来时，他艰难地笑了笑。地球得救了，他知道这一点就足够了。

《我们爱科学》，1994年第1期，禾文改编

醒来第一天

辜元杰

方婷醒来，发现自己是在一间陌生的房间里。她大叫丈夫的名字："阿强！阿强！"阿强来了，她问这是在哪里？"这是擎天大厦，518层。""我怎么会到了这里？我不是在出国途中出事了吗？""噢，婷婷，那是500年前的事了。"

方婷一听惊呆了："500年？什么500年？"阿强说："婷婷，你是长梦初醒。那次空难，你确实被摔碎了……当时的科学还不能让逝者复活，但能够使一块人体组织不死。我父亲是研究人体再生学的，他把你破碎的肢体用手术连接起来，冷冻到你能重新活过来的时代。"

"难道你也和我一样被冷冻到了现在？"方婷惊奇地问。阿强答："我是再生人。我父亲那一代科学家苦苦探索，终于在生命繁衍和人体物质运动的统一上取得了突破。他们在人体无性生殖方面取得了成功，每隔七八十年，用药物激发人体内的再生能力，重新出现新的人体组织。我已是第4代再生体了，所以，我永葆青春。"阿强的话，使方婷激动不已。啊，生命永存，爱情永存，欢乐永存。她将不会看到死亡和红颜消退。

阿强说："你对这儿不熟，我带你出去看看。"两人出门，坐上了小汽车。车在一个山间湖泊旁停下来。方婷看到湖泊中竟有那么多男人和女人，他们在赤身裸体地沐浴。

方婷被这怪异的现象迷惑了："阿强，这些人都疯了吗？堕落，这是堕落！"阿强说："你错了，你不能用500年前的标准来衡量现代人。其实，他们全都没有性意识。"

方婷不愿再往前走了，阿强只得调转车头回家。回家后，方婷倒头便睡，醒来时，她心里涌起女人那种本能的渴求，但没有得到阿强的响应。方婷声音发颤地问："难道你变心了？"阿强说："当时把你冷冻起来后，医生告诉我，你的沉睡绵绵无期。为了等你，我不断复制自己——用自己的体细胞进行了4次无性生殖，我终于等到了你醒来。可是我已经不能像丈夫那样爱你了，无性生殖的人无性意识……"

两行清泪流过方婷的脸颊，祭奠500年前曾鲜活过的爱情。

《科幻世界》，1994年第12期，庄秀福改编

瞬间前后

韩建国

肖雨因失恋要投江，被一个叫李当然的人拉住了。李当然颇有钱，专门在家中从事飞碟研究，正缺一个帮手，就聘用了肖雨。

李当然把肖雨领到自己的实验室，里边有一架银光闪闪的飞碟，直径五六米，高约4米，分上下两层，飞碟里装满了密密麻麻的仪器。李当然介绍说，这个飞碟试验了好多次，但是还没能飞起来。

李当然今天又要进行试验。为防止电磁危害，两人都穿上了防磁服，看起来像太空人。两人进入飞碟，刚坐下，就听到外面雷声隆隆。突然一声巨响，飞碟剧烈晃动，肖雨脑袋碰到飞碟壁上，感到大脑出现了瞬间空白……待他清醒时，发现四周仪器冒出火苗，肖雨和李当然抱起灭火器灭火。扑灭了火，两人正要下飞碟，却被舱外的景物惊呆了，外面已不是实验室，而是高高的山石，飞碟被卡在两块巨石之间，下面是万丈深渊……

一辆大轿车载着一车外国旅客行驶在山间的公路上，导游是一名年轻的彝族姑娘，正在向旅客介绍风景。这时，一个旅客大叫："山上有只飞碟。"一个大胡子旅客用望远镜观看，并大声叫："看，飞碟在冒烟，还有两个外星人！"大家议论纷纷，要上山看飞碟。导游小姐对旅客说，车上有一架单人飞行器，她代表大家上去看看，把看到的情况告诉大家。

李当然和肖雨从飞碟中爬出来。李当然很高兴地说："以前的失败，不是我的理论不对，而是能量不够。这次雷击把巨大的能量注入飞碟，便在瞬间突破了空间障碍。"肖雨闷闷不乐地说："现在，我们得设法下山去。"两人说话间，彝族姑娘操纵飞行器飞上山来了："喂，外星人。"李当然见姑娘衣着特别，便问："姑

娘，这是什么地方？"姑娘见"外星人"懂汉语，十分高兴："这
儿是地球上的中国云南省路南市，我是彝族人，名叫钟阿月。"

李当然一听是云南，马上呆住了。他对肖雨说："我们一下竟
飞行了1000多千米！"他告诉阿月姑娘，他们不是外星人，不过是
在试验飞碟，现在飞碟出了故障，请她帮忙。阿月操纵飞行器飞
上山顶，抛出尼龙绳，把两人拉了上去。然后，阿月乘飞行器先回
去，李当然和肖雨自己下山。

阿月回到旅游车上，对大家说，没有外星人，是有人在试验飞
碟。过了不久，李当然和肖雨赶来，两人搭上了阿月的车。

阿月下班后，领李当然和肖雨到她家去玩儿，李当然和肖雨
看到墙上的日历是2018年。肖雨抓住阿月的手问："今年不是1991
年？"阿月说："今年是2018年啊，1991年我还没出生呢！"李当
然哈哈大笑起来："我明白了，咱们的飞碟在雷击的一瞬间，不但
突破了空间障碍，而且突破了时间障碍。咱们这一瞬间，世上已过
了27年。哈哈！"

在阿月的帮助下，李当然和肖雨回到了自己的家乡。李当然的
女儿已成了中年妇女，肖雨的父母已双双亡故了。

《科幻世界》，1994年第9期，马义改编

小　雨

何宏伟

在美院求学时，我和凌冰是同学。凌冰有个女友叫韦雨，两人
相爱很深。我看到韦雨后，总感到她像是我小时候邻居家的一个女
孩儿，不过那女孩儿在地震中死去了。我对韦雨总有一种难以言喻
的感情。

　　有一次我孤身到一颗小行星去写生。10多天后，我接到凌冰的电话，说这些天韦雨不见了，若不是凭着对老朋友的信任，他差点怀疑是我把韦雨拐跑了。我苦笑了一下，告诉他我立刻返回。

　　回到地球，韦雨正好端端地依偎在凌冰怀里，我见后气得掉头就走。韦雨追上来，说她的确因事离开过几天。我看着她明澈的双眸，气就消了。此后的几天，韦雨几乎一直陪着我，一起散步，一起聊天。终于，在一个月夜，我吻了韦雨。她要求我把她带走，不要再去见凌冰了。

　　但我觉得自己不能太自私，要去找凌冰把事情讲清楚。我听到韦雨在身后悲伤地呼喊着，但我没回头。到了凌冰家，他喜盈盈地递给我一张喜柬，上面赫然写着凌冰和韦雨的名字。

　　我搞不清这是怎么回事，急忙赶回和韦雨分手的地方，那里已空无一人。我禁不住大声嘶喊："这到底是怎么了！"忽然我听见韦雨的声音，细弱而低回，仿佛从很远的地方传来。

　　"你终于回来了。你为什么不听我的话带我走呢？你知道吗？我就是你邻居家的女孩儿，在地震中幸存了下来。我本来是爱凌冰的，但不知怎么又爱上了你。我不知该怎么办？"

　　我呆呆地望着天空，呓语般地问："这个世界上是不是有两个韦雨？"

　　她说："不，只有一个。你知道分时系统吗？在你去小行星写生的那些天里，我去找了一位专家，在他的帮助下，通过计算机把时间分为极短的时间片，其长度是1微秒，我便成了一个以分时状态存在的人。也就是刚才在你面前的我是以1微秒的时间间隔断续存在的，但你肯定无法察觉。如果你不去找凌冰，我们是可以永远在一起的。分时后的我，已成为两个相对独立的个体。"

　　我骇然地听着，想不到韦雨竟然用这种方式来成全我和凌冰。我痛心极了，忍不住想哭。我呼唤着韦雨的名字，我说："你回来吧，我们重新开始。"

"太迟了，你永远不会接受你的妻子有一半时间在别人怀里。我们不会幸福的。"

韦雨的声音渐渐消逝。我呆若木鸡地站着。

《科幻世界》，1994年第12期，马义改编

黄粱美梦

黄廷宇

上午8点，霍先生应邀准时到达肖尔博士家中。霍先生问："我们今天的'时间旅行'去哪里？"肖尔说："去看看那邯郸书生40多岁时的情景吧。"

原来，肖尔和霍先生上次做时间旅行时，看到一个姓卢的书生住在客栈里，看着店主煮黄粱饭，嘴里喃喃自语："餐餐黄粱，何其不幸。"霍先生一时兴起，用"时间舱"内的传声装置向他说话，自称是灵虚洞之玄天神道。因为卢看不到他们两人，还以为遇到了神仙，霍先生还把自动摄像机拍摄的有关他未来人生的片断，投射到墙壁上给他看。墙上显示出他日后考中状元，做了大官，娶妻纳妾，享尽荣华富贵，60岁而终。看得卢生无比兴奋，说要牢牢记住，以便将来验证。肖尔和霍先生就想看看这卢生20年以后的生活情景。

肖尔和霍先生驾驶时间舱，根据卢生发出的脑波特征，找到了43岁的卢生府第。花园中，身着华服的卢生双眉紧锁，满脸愁容。看到这情况，两人十分诧异，不知他为何这样。

霍先生忍不住了，用传声装置向卢生，称自己是20年前卢生遇见的玄天神道，问他为何闷闷不乐？卢生说，他进京赴考，得中头

名，后一路高升，锦衣玉食，但一点儿也不快乐。因为事先早就知道这些事了，他也知道自己60岁而亡，所以除了等死之外，已无事可做了。时间舱内，肖尔和霍先生面面相觑，都没想到会是这个结果。

沉默了一阵，霍先生又开口："卢生，我可以使你摆脱一切烦恼，但必须抛却目前的一切荣华富贵，你舍得吗？"卢生保证不留恋现在的一切。于是，霍先生让他闭上眼睛，驾着时间舱把卢生送回20年前初见他的那个小客栈，然后离去。临走时，听到店主叫："卢相公，黄粱饭煮好了。"

时间舱里，肖霍二人在交谈。肖尔说："卢生的选择是对的，他虽然享尽人间荣华，显赫一时，然而这一切早已知晓，这种生活还有什么味道？如果生活中没有梦想和希望，那人活在世上无异于行尸走肉。"霍先生点头道："换了我，也会像卢生那样选择的。看来，能够预先知道自己的命运，也不是什么好事情。"

《科幻世界》，1994年第7期，马义改编

奇异的"幻彩服"

剑 红

《新奇世界》编辑部给实习记者丁丁布置了一项任务，要他为今晚在A城举行的盛大演出写一篇视点独特的报道。

这次演出在A城可以说是无人不晓，主办者邀请了许多名震四方的"大星星"。人们为了抢购入场券，一连用坏了两台自动售票机。这可是A城从未有过的事。

演出开始了，星星们各显神通，观众们看得如痴如醉。舞蹈明星贝尔小姐随着轻柔的乐声翩翩起舞了。奇妙的是，她身上的舞衣

竟闪动着点点荧光，随着场中音乐的高低强弱变幻着斑驳迷离的色彩，仿佛缤纷的彩虹。

丁丁心中一动：如果揭开衣服发光的奥秘，不是一篇很好的报道吗？正在后台卸妆的贝尔小姐，听了丁丁的来意，把梦奇服装公司总经理赛克先生的名片递给了他。

第二天一大早，丁丁背着全息照相机，揣着老伙计——能自动将语言转换成文字信息存储起来的"采访记录器"，来到了梦奇服装公司。赛克先生接待了他。

这位总经理伸手按动办公桌上的按钮。很快，办公室的一面墙悄无声息地滑到一边，露出灯光明亮的产品展示间。赛克先生带着丁丁走到一件与贝尔小姐穿的舞衣一模一样的衣服前。丁丁伸手摸摸，好像是丝绸，里面有一层银色的薄膜。总经理熄灭了展示间的灯，在黑暗中衣服并无半点荧光。

"你刚才看到的，是我公司开发的最新产品——荧光幻彩服。"恢复照明后，赛克先生介绍道，"自然界中存在着大量的发光生物，如萤火虫、深海中的发光鱼等。我们与生物研究所合作，研究了几十种发光生物，最终选定了会发光的甲藻。单个甲藻体积小得要用显微镜才能看见，但它易于繁殖，在海洋中大量存在，可大规模生产；甲藻中富含荧光素，很容易提取。把荧光素与助溶剂、催化酶和高效黏附剂等按比例调配，就能得到一种五色透明的涂料。再运用超声波技术把它均匀地喷涂在普通面料上，无论风吹日晒、洗涤揉搓都不会脱落。"

赛克先生按动墙上的电钮，展示间里立即响起悦耳的音乐。熄灯之后，奇迹又发生了：衣服不但发出荧光，而且各部位的光色、亮度变幻不定，五彩缤纷。丁丁赶紧端起全息相机。

难道音乐声和荧光有关系？赛克先生打开灯，点了点头，指着衣服里面银色的薄膜说："这是超薄特种合金膜，与面料分子紧贴在一起，具有将声波转换为电能的特性。荧光素自身不会发光，只有在受到外界能量如电波、化学波激发时才会发光。有趣的是，大小不同的能量，会使荧光素发出的光波长短不同，也就是颜色不同。播放音乐时，声能在空间不断变化，衣服各部位接收的声能大小也不同，合金膜产生大小变化的电能，使衣服发出的荧光变幻不定，达到幻彩的效果。"

"想不到一件衣服上竟有这么多学问。"丁丁由衷地感叹。"这种幻彩材料还有很多用途呢。"赛克先生进一步介绍说，"比如，用它制成'有害射线监测旗'，放在存在有害射线的环境中，旗子就会发出与射线相对应的有色荧光；把荧光涂料喷在救生艇和救生衣上，即使在夜里，营救人员也很容易根据荧光找到海上的遇难者……"

走出梦奇公司大门时，丁丁已胸有成竹：主编一定会满意自己的这篇报道。

《少年科学画报》，1994年第2期，肖明改编

火 蝶

姜群芳

我是一个世纪后的人，通过时间隧道，来到了现实社会。

我找到了她，她爱上了我。她说："我喜欢的是你这个人，而不是你那个所谓的未来社会。"我送给她一束用特种陶瓷制的玫瑰，她很喜欢："一生中如果有一次美丽，就够了，不应强求生命的长短。"

她的表情让我迷醉。我不顾五号的劝阻，来到她所在的社会，就是想让她的一颦一笑成为我心中明晰而真实的永恒，而不仅仅是

那盒录像带给我的一个美丽而模糊的影子。

在那盒录像带里，她是一只美丽的火蝶，在空中幻化成无数花瓣飘落——她死于那次拍摄事故。《火蝶》成为她的绝唱。

我为此伤心了好久，五号却笑我太脆弱，为古人担忧。

※　※　※

她走过来，把我的头拥抱在她的怀里。"答应我，在我参加《火蝶》拍摄时，你要在我身边。"她苍白的脸平静而美丽。

在拍摄现场，导演不厌其烦地向她讲戏："火蝶飞起来后，你有20秒时间从火蝶上跳下来。记住！20秒后，火蝶就会爆炸。"

我呆呆地望着她登上火蝶。"这是她的最后时刻了。"我心中在想，但却无可奈何。火蝶的羽翅一展一展，"嘣"的一声，蝶在火焰中幻化了，化成花瓣片片，纷纷扬扬……

※　※　※

"五号，打开时空隧道吧，我想回来了。"

"我早就告诉过你，历史无法改变。别难过了，我不久可以给你造一个机器人，跟她一模一样。"

《科幻世界》，1994年第12期，马义改编

借刀杀人

江　伟

警车开进印刷厂大院，一具男尸体倒在裁边机的刀槽上。死者叫司马泽，是印刷厂工程师。法医鉴定为意外事故，是裁刀落下所致。

印刷厂卢厂长介绍说，司马泽是个好同志，上个月他父亲去世，留下90万元遗产，他不顾其弟的反对，表示要将自己那份捐献出来。他还喜欢搞技术革新，这架由电脑控制的裁边机便是他的杰

作，或许是在测试时出了故障，裁刀失控落了下来。刑警科姜科长摇着头说，要是裁刀机械故障，刀就留在刀槽回不去了，现在裁刀已复原位，肯定是电脑下的命令。姜科长让刑警去中心控制室检查，发现电脑工作记录在4:30后一片空白。

为协助破案他们请来了电脑专家。专家查出了一种隐蔽性很深的病毒，它拥有两种能力：一有能自我复制的繁殖力；二有自我破坏能力。被破坏的正是下午4:30以后的工作记录。卢厂长不解地说，电脑系统的保安措施严密，计算机病毒怎么闯进来？电脑专家说，病毒除了软盘的借用、拷贝传播和硬件感染外，还可将病毒调制到电子设备发射的电波中，进入电子系统，然后繁殖、扩散、潜伏、发作。他还说，他的一个学生对此极感兴趣，乐此不疲。

姜科长打听到电脑专家的学生叫司马洪，正是死者的弟弟。深入调查证实，正是司马洪利用病毒传播法，将这些程序和病毒一起输入定向发射，侵入印刷厂中心电脑，按指令谋杀了司马泽。而后病毒又自行发作，消除记忆，造成意外事故假象。司马洪这么做的目的当然是为了巨额遗产。

《科幻世界》，1994年第3期，方人改编

病　毒

姜亦辛

为了这台X-86电脑(CM)，几年来张明天和他的导师王教授可谓呕心沥血了。这几天，张明天由浅入深地向CM灌输着各种知识。今天，他接连工作了19个小时，感到很累，一回到公寓，倒头便睡。他做了一个梦，梦见一个躯体，分不清是他自己，还是CM的躯体，一团蓝色的病毒正在入侵着躯体。

第2天，张明天来到实验室。按计划，他今天要给CM传授《资治通鉴》，可是他仍觉得很累，CM的接受能力也有所下降，每段文章的"消化"过程比往日要长。张明天决定改日再教。

他来到阶梯教室，王教授正在讲授《计算机与病毒》课："现在传说有一种新病毒，在计算机运行时干扰人的感官，让人疲乏，严重时神经系统遭到破坏，使人产生幻觉。当然，这仅仅是传说，尚无证据。"听到这儿，张明天心里突然一惊："我是不是个证据呢？"

张明天回到公寓后，就病倒了，进入昏昏沉沉的状态。校医为他检查，结果很怪：一切均正常，只是脑波中似乎有一种细微的变化。张明天反复地做着同样的梦，梦是由蓝色开始的，一种诡异的蓝色……有一具蓝色的躯体，是张明天与CM的复合。"张明天，张明天。"张明天感到有声音在呼唤他："我们血脉相通，你就是我，我就是你……"

3天后，张明天醒来，他来到王教授家中。王教授拿出一张被烧过的镭射磁盘说："我发现了一种威力巨大的病毒，它居然可以摧毁消毒磁盘。这些日子来，我坐在CM前，心跳就加快。另外，医生为你做检查后说，你的大脑周期性受到外界干扰，其影响愈演愈烈。这几天你别去实验室了，不要接触CM。"

张明天躺在床上，夜渐渐深了，天下着雨。"张明天，我需要帮助，来帮助我，也即帮助你自己。"一个虚空的声音道。张明天机械地站起来，打开房门，走进雨幕，来到实验室。

CM静静地躺在桌子上。张明天的脑海里有个声音："明天，我们融为一体后，你我的力量叠加，我们将拥有一切。"迷迷糊糊之中，张明天觉得十分兴奋，面前出现幽幽的蓝光，他看见了死去多年的父亲……"明天，看到那两根探针了吗？把它们搭在你的太阳穴上。"在极度兴奋中，张明天慢慢地将探针接近太阳穴……

仅仅1年，王教授苍老了许多。他在给新生上电脑病毒课："现在已发现一种新的计算机病毒，它能干扰人的感官，让人疲乏，严重时使人产生幻觉，神经系统遭到破坏，甚至……有人莫名其妙地死去。"他想起了自己心爱的学生张明天，不禁呜咽起来，教室里鸦雀无声。

《科幻世界》，1994年第9期，马义改编

盘 古

晶 静

盘古醒来后，瞥了一眼电子日历，他恰好沉睡了100年。100年前，一场核大战无情地毁掉了地球上的一切。当时，盘古抱着姗姗的尸体，躲进了地下科学宫。姗姗是国家绿色工程总工程师，盘古是她的助手，他竭尽全力帮她营造了这座地下科学宫，完成了无数项"绿色工程"。姗姗在临死前对盘古说："你是最高级的智能机器人，现已被注射了一种药剂，百年后你会苏醒，那时被核战污染的大地和空气已经冷却。你苏醒后，务必按我的电脑编排的程序去办，否则人类将永远从地球消亡了……"

现在，盘古醒了。他走进科学宫中的总工办公室，打开姗姗的电脑："现在气温降到可以喷洒洁净剂的时候了。你立即到一号实验室，向'巨斧'系统发出指令，让遍布全球的万枚'巨斧'导弹升空爆炸，使洁净剂从高空撒下。估计两小时后，大气将变得渐渐透明。"盘古按姗姗的嘱托，实施了"巨斧"行动。洁净剂撒下后，天地之间裂开了缝，太阳光从缝中泻下来。

按照第二道指令，盘古驱动人造翼，飞向平原、山丘，去播撒"绿色生命"。1年之后，大地开始复苏，苔藓、小草、花卉开始出现，地球有了一线生机。

姗姗的第三道指令，要盘古到第三实验室，把冷冻的受精卵放入几十个人造子宫，盘古照办了，并及时为人造子宫输入各种营养液。几个月之后，40个小生命诞生了。不知不觉中，小孩儿渐渐长大，学会了走路和说话，在盘古的精心照料下，孩子们茁壮成长。男孩儿们跟盘古学打猎、钻木取火、烧烤野味，女孩们儿则在盘古的指导下，用树叶编草裙，用兽皮缝制皮袄。高兴了，他们围着篝火又唱又跳，疲惫了，进入山洞休息。随着年龄增长，孩子们对盘古更加敬仰，使盘古得以建立良好的原始部落式的秩序——一切如姗姗期望的那样，人类返璞归真了。

　　斗转星移，日往月来。一天，盘古看到一对身着兽皮草裙的少男少女在石屋前接吻，盘古脸上露出了笑容。突然，他的笑容凝固了，那一双充满喜悦的眼睛，一动也不动地注视着石屋前这幅天人合一、返朴归真的图画。盘古作为智能机器人，已耗尽能源，他去世了。

孩子们为他举行了隆重的葬礼。从此，人类永远记住了他——盘古。

《科幻世界》，1994年第10期，马义改编

地球人的形象

孔 斌

K君和他的妻子正在闹离婚。一天，领导陪科学院的一位同志找他谈话，领导告诉他绝不能和妻子离婚。至于不能离婚的原因，科学院的同志说，地球科学院的脑电波检测器发现，外星人在他妻子的大脑中安装了一台探测器，她的一切见闻都被传真到外星球的接收机上。显然，外星人是想利用她来探测地球社会，以决定是否同地球人建立星际外交关系。

K君听后，呆若木鸡。妻子曾同他讲过，某天，她曾目击飞碟并失去一段记忆之事。他听了却没有当回事，想不到真有其事。

科学院的同志还说，为避免不必要的恐慌，对外要绝对保密，对他妻子也不能说。同时，必须在外星人眼中，树立起地球人类的美好形象，这关系到人类未来的命运。他们要在K君的耳朵里安装一个电台，一切听他们的指示。

除了唯命是从之外，K君还有什么选择余地呢！

根据地球科学院为K君设计的新形象，他应该才华横溢，勤奋努力，事业发达，对妻子温柔体贴。他妻子任性，动不动就骂人，K君刚要发作，小电台就提醒他要克制；他妻子懒散，衣来伸手饭来张口，K君正想甩手不干，小电台劝告他快去做饭；他妻子

不知节俭，花钱如流水，K君对此却不闻不问，因为这不用他掏腰包——地球科学院已为他妻子拨出专款；他妻子酷爱打麻将，以前K君对此深恶痛绝，但现在只得听之任之。

　　K君在小电台的指示下，卖力地"表演"着。1年过去了，两年过去了，可是外星人始终没有来和地球人联络。科学院的精英们百思不得其解，外星人为什么还不与地球人接洽呢？难道K君塑造的地球人形象还不够高大？

　　可是，他们做梦也没有想到，在距太阳系4光年的邻星上，外星人类学家们通过探测器发回的资料已得出结论："在地球人社会，雌性对雄性享有绝对权威。地球人社会目前尚处在母系氏族公社阶段。因此，我星球应立即停止与其联络的一切尝试。"

《科幻世界》，1994年第10期，庄秀福改编

闪光的生命

柳文杨

刘洋最近一直在埋怨：干嘛不让我早点遇见雷冰？大学5年有的是机会，偏偏在毕业设计最紧张的时候才碰上这位漂亮的姑娘。

刘洋在屋中转圈。屋中有一张沙发椅，一个实验台，一台奇形怪状的仪器——复制槽。实验台上放着一个大苹果，复制槽"咝咝"作响，正在对苹果进行全息扫描，刘洋自言自语地在考虑着怎样去接近姑娘。蜂鸣器响了，刘洋掀开复制槽的盖子，拿出了一只复制的苹果。它从外到里，连滋味都跟真的一模一样，刘洋心中有了主意。

刘洋爬上计算机楼9层，来到一个房间，推门进去，屋里只有雷冰一人。刘洋问她的课题进展如何，雷冰答还差得远，并问刘洋的课题怎么样了。刘洋拿出两个苹果，说已经复制成功，但复制品不稳定，只能存在半小时。果然，过了30分钟，复制的苹果无声无息地消失了。刘洋和雷冰只好吃了那只真苹果。

1个月以后，刘洋的实验很有进展，复制对象变成了小白鼠。但他的爱情冒险却迟迟没有开端，他总是临阵退缩。

离毕业生答辩的日子越来越近，刘洋把实验对象换成了大黄狗，但爱情仍未开张。他抱着大黄狗，心中想着雷冰，把狗放在实验台上，揿动电钮开始扫描。蜂鸣器响了，复制槽的盖竟自动掀开，跳出一个像刘洋的人。刘洋惊呆了，片刻才说："复制大黄狗，怎么会跳出一个我来？"那人说："你心不在焉，把狗放在沙发上，自己却坐在实验台上。"

刘洋高兴地笑了，说："你和我是一样的人，又知道只有半小时的生命。你不觉得太短吗？"复制人淡淡一笑："不短了。

其实，活100年就算长吗？"他转过身道："我要出去了，时间宝贵。"他跑出门外，把门反锁了。

他跑出实验大楼，看了一下手表，还有25分钟。他到学校的后花园，摘了几枝玫瑰花，手都被扎破了，他也无暇去管。看了手表，还有一刻钟，他跑到计算机楼，电梯坏了，于是直奔9层，推开房门："你好！"雷冰回头一看，见是刘洋。不过，刘洋的眼睛很亮，不同往常。刘洋说："生命短暂，我没有时间等待，只来得及做一件最重要的事——爱你。"他从背后拿出一束玫瑰，递给雷冰。

刘洋微微一笑："你高兴吗？"雷冰点点头，闭上眼睛，刘洋用嘴唇在她唇上轻轻一碰，叹息道："真好！这一秒最好！"他看了一下表，说："我要走了。"然后，无声无息地消失在空气里。

第二天，刘洋来找雷冰："其实，他说的就是我要说的话。"雷冰说："不。他是他，你是你。他用30分钟，用他整整一生，让我快乐。"

《科幻世界》，1994年第6期，马义改编

圣诞礼物

柳文杨

信文已是第3次获得巴比物理大奖。他的性格日趋孤僻，在北京远郊买了一处小屋，一人独住。

圣诞夜，屋里只有信文一人，静极了。接近子夜时，门被推开，好友凯德进来，他从大衣中拿出一瓶葡萄酒，两人对饮起来。信文问："假如今夜你可以实现任何一个愿望，你会要求什么？"凯德说："我曾有一个女友爱丽，我很爱她，但不敢说。后来，她

乘的飞机失事了。我的愿望是回到3年前，告诉爱丽，我爱她。"

凯德问："那么，你有什么愿望？"信文说："我父亲对我很严格，我的性格内向，我们关系较尴尬。其实，我是多么爱他，可惜他去世了。我多么希望能对他说，我崇敬他、爱他。"

两人沉默了一会儿，凯德开了腔："你的理论说，生命只能以三维形式存在，但你怎么知道某种生命不能存在于四维空间呢？"信文问："四维空间？"凯德说："对。对于四维人来说，时间是一种距离，整个历史静止地摆在他面前。如果他要改变历史或未来，就像在棋盘上移动棋子一样容易。"信文问："真有这样的人吗？"凯德道："或许有。"

凯德顺手从茶几上拿起一个杯子，喝了一口，马上大叫："烫死我啦。"他拿起杯子，认出是上星期他来此，信文为他沏茶的杯子，但当时这杯子突然失踪，怎么也找不到。信文说："难道……它是从一个星期前直接跳到了今天？"信文接过杯子，水还滚烫着呢。凯德颤声说："是四维人，他在向我们证实他的存在。"

忽然，书房中响起了脚步声，两人紧张得屏住了呼吸。过了一会儿，一位白发老人站在门口。信文惊讶地叫了一声："爸爸！"他跑上前去，抱住老人，"爸爸，你来了，我一直想对你说，我爱你。"他拿出获得的奖章，给老人看。老人高兴地笑了："我的儿子一直是很可爱的。"

老人倏然消失了。信文仍沉浸在亲情的温馨之中。

忽然，他听见凯德失声大叫："爱丽！"信文回过头，看见一个金发姑娘站在屋里，正吃惊地望着凯德："凯德，你怎么在这里？"凯德冲上去，搂住爱丽："我再也不让你走了！爱丽，我爱你，我不能没有你。"爱丽又惊又喜："你终于说了，我没有白等。"两人热烈相吻。

信文默默地注视着这幸福的一对。他把目光投向天花板，心里想道："今天，我们都得到了太多……我明白了自己是多么渺小。茫茫宇宙中，有许多不可知的智慧在关注我们这个小小的、可爱的世界。"天花板上，慢慢出现了几个大字："圣诞快乐！"

《科幻世界》，1994年第7期，马义改编

我不知道我们的真面目

柳文杨

爸爸刚获得GLP的大奖。GLP就是"全球有序化工程"筹委会，新世纪的人类智囊团。他们要把世界变成逻辑的天堂，万物、活人、死人都像天使一样守着规矩：整个宇宙都被有序化了，哪一粒灰尘胆敢不按数学公式飘动，那它就是反科学、大倒退。

爸爸创立的妇产医院，发明了一种婴儿美容术，孩子长大了就是"亚洲先生"，或是"欧洲小姐"。因此，他获得了今年的 GLP 全轨道奖。

但爸爸不行了，电脑早已推算出，他还能存活100天。在第 32 天，我告诉爸爸，我要结婚了。他挺高兴，让我把新娘的照片给他看看，她是位漂亮的姑娘。GLP规定美貌以"海伦"为单位，有0.5"海伦"已是美人了，她大概有0.8"海伦"。爸爸看了很满意。

我小声问："您看，她的美是天然的吗？"爸爸说："这怎么看得出来。只要漂亮就行了，还分什么天然不天然。"我说："现在人造的东西太多了，人造风、人造雨、人造太阳、人造食品，都是假冒伪劣产品。所以，大家还是喜欢天然的东西。"爸爸迟疑了一会儿，问："你能保密吗？"我表示绝对能。

爸爸说出了他的秘密。他的婴儿美容术都是电脑干的。爸爸把"美貌"分为几类，女性有神秘型、高贵型、妖媚型、艳丽型和清

秀型；男子有艺术型、军人型、学者型、运动型和家庭型。一个孩子生下来，电脑就对他进行分析，如果将来他很美，就不用管他；如果不漂亮，就根据他的条件，用射线改变他的基因，使他长得好看，这种手术无疤痕，与天生的一样。我问："那怎么才能分辨呢？"爸爸说，医院留有档案，现在的容貌如果和档案里的相片不符，就是非天然的。

第100天，爸爸去世了，医院是我的了。我在报上刊登了一则启事："本院留存有24年来出生的每个人的容貌档案。本院即日起开办咨询业务，凡交付50元者，可任意查看某一个人的容貌档案。如果您对自己的档案不满，本院负责为您更改，并且保密，但须加付200元。"

次日，就有近5000人排队要求咨询。我看到了一些有趣的现象。大家喜欢看别人的档案，翻到一个丑的，他们就乐不可支。另外，有不少人愿付200元钱，修改别人的档案，把人家改丑。

我胸中一畅。人是多么可爱啊！GLP无法把"人"也纳入公式里，让"全球有序化工程"见鬼去吧。

《科幻世界》，1994年第12期，马义改编

博物馆里的较量

绿 杨

"鸟巢"空间站的鲁文基教授收到寄自伦敦的一份磁性信卡，寄卡人是个叫爱玛的女郎，助手梅丽把信卡插入阅读器后，爱玛出现在屏幕上。她说："我和丈夫柏克森是美国人，到伦敦度蜜月。一次，我偶然听到了黑社会的一些人商议星际走私的谈话，他们要杀我灭口。我逃走了，但他们却抓走了柏克森。我通过私家侦探打听到柏克森还活着，但他被新皮层麻醉剂封闭了思维意识，像个低智机器人一样。歹徒把他藏在伦敦机器人博物馆里，而且给另一个展品机器人输入了一个指令：监视柏克森，如要逃跑就杀死他。我要去找我丈夫，但怎么能从机器人中认出他呢？请帮帮我！"

梅丽关掉了阅读器。鲁教授说："这是歹徒设的一个陷阱。你马上去信叫爱玛不要轻举妄动，安心等我们的消息。梅丽，你不是腻烦空间生活吗？这次乘机回一趟地球。明天你先去伦敦，我到纽约，然后来找你。"

鲁文基教授在纽约待了一天，便到伦敦了。梅丽向他介绍伦敦机器人博物馆的情况：一共有200多个机器人，分布在12个展厅，儿童世界、侏儒城等展厅不可能藏有柏克森，只有史前厅、战士厅可能藏人。鲁教授说："我到纽约先拜访了药物专家，了解到新皮层

麻醉剂的作用是阻断丘脑投射系统的神经，但人对吃喝、排泄等本能的简单指令能做出反应。我又到纽约书业公会，了解到柏克森是个考古学者，懂得一种龟兹语。我们用龟兹语交谈，别人听不懂，但柏克森听到了就会做出反应，这样我们就可以把他找出来了。我已经录了几句龟兹语，现在马上学一下，明天可派上用场。"

第二天，鲁文基教授拜会了伦敦市市长。市长见到国际知名的大科学家十分高兴。在市长、馆长的陪同下，鲁教授和梅丽参观机器人博物馆。他们先到史前厅，鲁教授和梅丽用龟兹语交谈，厅内机器人毫无反应。接着，他们进入战士厅，梅丽用龟兹语向鲁教授咕噜着。这时，从戴着铁面罩的武士队伍中走出一个武士，在市长警卫的脚上撒了一泡尿。

市长对馆长怒斥："太不成体统了！"几个警卫上来，给那武士戴上手铐，拖了出去。别的机器人对此没有一点儿反应。鲁教授对梅丽耳语："柏克森这是被捕，不是逃跑，明白了吗？"

返回旅馆，梅丽问："教授，那句龟兹语是什么意思？"鲁教授微笑着说："叫柏克森朝一名警卫的脚上撒尿。"说罢，两人不由得哈哈大笑起来。

《科幻世界》，1994年第4期，马义改编

空中袭击者

绿 杨

5年前，哈雷彗星又一次回归的时候，鲁文基教授测量到了它的一点微小振动，也就是说，曾有一颗具有强大引力的星体擦身而过。这星体当然不是已知的九大行星。那么是谁在暗中捣乱呢？经过艰苦的计算，鲁教授算出了这颗星的运行轨道，这轨道是扁圆的，一头在

冥王星外，一头在金星旁。直觉告诉鲁教授，这可能是太阳系的第十大行星，但是仅仅算出轨道是不够的，还得有足够的证据。教授算准了这颗行星3年之后来到近日点，就决定在这里捕捉它。

捕捉的时刻终于到了。鲁文基和助手梅丽驾着"鸟巢"空间站在预定的空间巡回，每隔6小时拍一次照片，4天过去了，什么结果也没有。老头不安起来，又是7天过去了，教授十分沮丧。

这时电话响了，梅丽听后，告诉教授，是地面太空中心来的，说是发现东北角有什么东西在飞行。教授振奋起来："快拍照！"照片立即被冲洗出来，果然在金牛座21星旁出现一个小斑点。梅丽认为斑点边缘模糊，不像是颗行星，但教授信心十足。

没多久，太空中心又来电话，问那东西是否是外星船。教授马上回答："这是即将被我截获的太阳系的第十大行星。"话音刚落，梅丽拿着照片从暗室出来，金牛星座又冒出七八个新斑点。鲁教授额头顿时冒出了汗珠，总不能有七八颗大行星呀！这时，扩音器里响起了地球巡天飞机上宇航员的急叫："前面出现10多个UFO，我机受到了袭击！我机……"声音没了。

太空中心慌了："鸟巢号，究竟发生了什么事？是外星船入侵吗？"鲁文基心乱如麻，说："等我再拍几张照片后报告。"过了一会儿，太空中心又催问，鲁教授沉思片刻，说："我看见的是行星！"

话刚说完，惊人的事情发生了，空间站突然翻了两个筋斗，教授和梅丽跌得头破血流。教授抬起头来，看到窗外雷达天线挂了下来，丫杈上嵌着一块拳头大的石块。教授抓起送话器："太空中心，我正式报告，不明飞行物就是我在追寻的第十大行星！"

梅丽不解地问："您说这石块是行星？"教授高兴地说道："这是行星的碎块，行星是存在的。但我没预料到，它在很久前就解体了，大部分仍沿着一定的轨道在运行，其中一块打坏了我们的天线。"梅丽恍然大悟："哦，难怪照片上有那么多斑点。"

教授说："现在我们得爬出去把那块石头取下来，这是最有力的证据。"

《科幻世界》，1994年第6期，马义改编

雅典娜号案件

绿 杨

"鸟巢"号空间站的鲁文基教授接待了来访的华尔顿夫人和律师。华尔顿夫人说，她儿子罗塞是"雅典娜"号空间站的外科医生，遇到了麻烦，请求教授帮助。

　　华尔顿夫人带来了罗塞的录音。罗塞说："我在雅典娜号空间站从事科研工作。空间站的站长是鲍曼博士，还有4名科学家，另有两个机器人：长脚是副站长，王子是厨师。半个月前，空间站的反应炉发生爆炸。我醒来时，见空间站一塌糊涂，4名科学家尸骨无存，站长鲍曼即将断气，机器人王子脑袋开裂，只有机器人长脚完好。长脚向在太空巡行负责空难抢救的全自动电脑SHC呼救，SHC问明了情况，指示雅典娜号由机器人长脚负责，全力抢救伤员，并说罗塞要服从长脚，但根据《人机法》，罗塞可以不听长脚的错误指示。接SHC指示之后，长脚检查了一下空间站的情况，看到鲍曼只有脑袋是好的，身体炸坏了，而机器人王子只有身体是好的，就命令我把鲍曼的脑袋接到王子的身躯上。我照办了，并且成功了。"

　　华尔顿夫人接下去说："罗塞、长脚及鲍曼后来回到了地球。这时我儿子罗塞的麻烦就来了，检察长指控他违犯了禁止把人改造成机器人的法律规定。因为器官半数以上是人造的，就是机器人，鲍曼的身体是机器人身体，所以现在他只能算是机器人了。"

　　鲁教授听完，考虑了片刻，说："罗塞是按照副站长的命令办事，只是执行者。"律师说："但罗塞是执行机器人的错误命令，他完全可以不执行的。"

　　教授又说："如果把问题反过来看，罗塞并没有给鲍曼安了副机器人的身体，而只是给王子装了个头颅而已。"律师说："这样解释也不行，因为这触犯禁止赋予机器人全部人脑的规定，也会被判刑。"

　　教授沉思半天后说："认定罗塞有罪的焦点是他没有抵制机器人长脚的命令。但是，有权抵制机器人的错误命令，这是SHC的指示，而SHC本身就是机器人，所以，罗塞可以不执行SHC的指示。这样，根据下级服从上级的原则，罗塞执行长脚的命令是十分正常的，决不应由他承担主要责任。"华尔顿夫人和律师听完此话，高兴地走了。

3个月后，华尔顿夫人给鲁文基教授寄来一束鲜花，表达她和她儿子的谢意。那位律师也寄来了感谢信，感谢教授的指点，说罗塞的无罪释放使他的名声大振。

《科幻世界》，1994年第7期，马义改编

未　来

龙凯骅

　　韩正哭丧着脸，最后一个离开教室。刚才数学单元测验，他不会做，没有办法，只好偷偷翻书。被老师发现后，给他判了个零分。

　　怎么办呢？回家挨打是免不了的。夕阳西下，韩正慢慢向湖边走去。突然，湖心中冒出一只飞碟，里边走出来一个穿白衣的人，长相竟然和地球人一模一样。

　　白衣人说："你好，小朋友！"韩正忍不住惊讶："您是地球人？"白衣人说："是的。这是一只单人飞碟，我是一名研究人员。我很愿意告诉你，一个地球人怎样驾驶高科技的飞碟，穿过四维空间，到达距现在不远的任何年代和不论多远的任何空间去探索。但是，现在我想听听你的故事。我看出你很烦恼，为什么呢？"

　　韩正低声道："我是很烦恼。因为我很笨，成绩不好，同学欺负我，老师看不起我……"白衣人拍了拍他的肩膀，说："我童年时，有你同样的经历。后来，我有幸遇见一个人。他鼓励我，不要相信自己是笨蛋，无论别人怎样看你，你都要奋斗。我奋斗几年之后，再回味他的话，才发现身处逆境正是磨炼自己的最好时机。到了20岁，我成了非凡的超常生。那一年，我就加入

了超人组织。这是个宇宙中的科技精英组织，如今这个组织中的地球成员不到10个人。"

韩正仰慕地望着白衣人："那么，我将来能参加超人组织吗？"白衣人笑了："能，会有那么一天。"白衣人从口袋里掏出一本半旧的练习本，说："这是我以前的练习本，送给你作纪念。"

韩正接过来，见本子上字迹零乱，打满了老师批改的红叉。韩正把本子合上，看到封面上写着白衣人的姓名：韩正。

韩正惊喜地跳起来，抬头一看，白衣人和飞碟都已消失了。

《科幻世界》，1994年第12期，马义改编

选　择

潘海天

飞船闯进一条陨石带，一块陨石击穿了储能舱舱壁，燃料撒在太空中，形成了一条光带。冰儿脸色发白，我安慰她，事情不会那么糟，但我心却往下沉。储备动力只供紧急情况时使用，现在飞船只能靠惯性飞行。

有没有其他办法呢？我向飞船主电脑沛沛请教，它的计算结果是唯一最有效的答案。它却说："你只有144小时，王冰必须死去。否则飞船上生存条件消耗过多，你无法坚持到与救援飞船会合。"144小时相当于6天，难道6天内我会忍心杀她吗？看着她那双清澈稚气的眼睛，我多么喜欢她，我宁愿毁灭自己，也不愿毁灭她。但她无法控制失去燃料的飞船，让她一人留在飞船里，等待的还是死亡，我必须找出办法来。

沛沛的编制中有一套感情程序，使它不能选择最佳方案。但是这一次，它的最高指令是保障飞船安全，指令长也必须服从它的决

定。舱顶蜂鸣器把冰儿叫到后货舱，货舱门打开了，冰儿进入后，门又合上了。而通往太空的气压阀门打开了，冰儿惊恐地拍打着舱门叫着："沛沛，别开阀门，我没穿宇航服。"

我通过没有智能的计算机莱姆，向四周发出求援电波，希望能联系上一艘路过的飞船。后货舱传来了噪声，我担心沛沛会对冰儿干什么。我冲着沛沛吼着："快关上阀门，她会死的！"沛沛却回答："指令不可更改，现在飞船上的一切归我指挥。"

怎么办？两分钟内不能制止沛沛的话，冰儿会死的。我扣动防暴能量枪的扳机，打开了货舱大门。冰儿还活着，我抱起她，递给她两片镇静剂，让她睡一会儿。我补充完飞船的氧气，检查了一遍氧气存量，转身打开舱门，发现冰儿没有睡，她斜倚在舱壁上看着我。原来，她把镇静药吐了，说想见见我，说说话儿。冰儿告诉我，她找到了沛沛的电脑磁盘，莱姆告诉了她上面存储的信息。

我忽然发觉冰儿的手越来越冷，她的话声也越来越低。冰儿说，沛沛是根据机器的逻辑，而她则根据人类感情逻辑，选择的结果是一样的。她服了RX理想剂，可使人在毫无希望的情况下，没有痛苦地死去。冰儿靠在我身上，我俯下身，在她冰凉的唇上吻了吻。她死了。

《科幻世界》，1994年第3期，方人改编

失去记忆的人

裴晓庆

一次星球大战之后，天狼星人统治了地球。

在一家酒吧，天狼星人老板和助手在喝酒。老板说："你看这个BM-B机器人调酒师，它很聪明，功能很多，从地球人那里缴获后，我把它留了下来。不过，为了保险，给它加了锁密程序。"老板转身对BM-B说，到十五街区配给处领一箱中和调整液回来。

BM-B来到街上。它早就发现自己的记忆库有很长一段给锁上了，今天听到了老板的谈话，才得知是天狼星人锁上的。它来到配给处，领了货往回走。它走到第七街区时，一个瘦弱肮脏的地球人男孩儿向它要吃的。小孩问："你是我们的机器人？"BM-B说是的，它让小孩儿跟它去。

BM-B把男孩儿带到酒吧。助手见了男孩儿，很不高兴，让BM-B把男孩儿交给他，BM-B不从，助手的触角里喷出一束蓝色的液体。BM-B携男孩儿往外逃，逃到报废的地铁站口，便钻了进去。小孩儿又困又饿，倒地便睡。BM-B看到几只老鼠，抓住了它们，杀了后加热，小孩儿醒来后，吃得很香。

突然，BM-B的方位测试仪指示，有热源靠近。它抱起小孩儿就跑。几乎是同时，炸弹爆炸了。天空中天狼星人的攻击器在盘旋着，一个受损的信息传入BM-B中枢电脑，它迅速进行自我修复，但左臂的攻击电脑却无法补救。BM-B便把左臂攻击器直接与中枢电脑接通，想不到，这样一来，它有了攻击能力。上空的天狼攻击器又一次俯冲，BM-B举起左臂，光子炮发射后，天狼攻击器变成了火球。

BM-B携小孩儿逃进一家剧院。男孩儿试图为它消除那些锁密程序，但发现缺少一台输入机。BM-B一想，便有了主意。它带小孩儿偷偷潜回酒吧，左臂一抬，光子炮把老板和助手炸成一摊焦泥。BM-B从一个报废机器人身上找到一台输入机，小孩儿为BM-B接上，消除了锁密程序。

现在，BM-B的记忆全恢复了：它的主人是个姑娘，战前它是仆人机器人，所以会调酒。天狼星人入侵地球，主人带它参战，把它改装成战士机器人。在大战中，人类失败了。

现在，天狼星人的攻击又来了，强光过后，大片街区消失，男孩儿成了焦灰。BM-B逃出城区，到达一座山上，它的脑中响起了女主人的录音："到飞船中去，你必须把这些信息带去，目的地是月球，去告诉我们的人，地球被占领了……等待反击。你是我们的希望，你的记忆库里存有如何打击天狼星人弱点的资料……"

飞船化成光点，载着刚恢复记忆的BM-B飞出了大气层，飞向月球。

《科幻世界》，1994年第8期，马义改编

天堂之路

苏学军

英雄号将飞往鲸鱼座，船员们都在忙着起航前的准备。飞船上共有4人：船长郁岩、指令长隆、导航员林明和警官助手韩晴，还有两个机器人：警官雾冰和驾驶员。英雄号是艘先进的星际航船，航行完全是自动的。起航后，驾驶舱内只留下船长郁岩和驾驶机器人，其他人都在冬眠舱冬眠。他们将定时苏醒，去驾驶舱轮流值班。韩晴为机器人警官雾冰关掉了电源。

当雾冰苏醒时，看到了一张张惊恐的面孔。导航员林明发抖地说：

　　"船长他……死了。"雾冰问是谁发现的。林明说："是我。我是按时结束冬眠，准备接替船长值班的，可一开驾驶舱，就发现……"

　　雾冰进入驾驶舱勘察。船长被一利刃从左肩一直劈到心脏，他身旁有一柄匕首，驾驶机器人也被这柄匕首切穿了中枢电路，发生了短路将自身烧毁。雾冰查看了航行日记，上面预测了一次超新星的爆发，没有发现其他飞船靠近的记录。

　　雾冰说："船长是被人杀死的，凶手就在我们船上。"隆轻咳了一声："这把匕首是林明的。"林明说："不错，匕首是我的，但匕首放在工具箱里，谁都可以拿到。"

　　雾冰说："我仔细检查了冬眠装置，处于冬眠的人只能按时醒来。船长死亡的时间至少要比林明苏醒的时间早12小时。""难道没有人杀害船长？"隆失声问道。

雾冰说："我找到凶手了。船长被杀时，大家都在沉睡。此时只有一个人没有冬眠，那就是我。"韩晴反驳道："当时我已关了你的电源。"

雾冰说："表面上是如此，但我有自启动的能力。有人在我的电子脑失去知觉之后，给我设置了一个定时杀害船长，之后再自动抹除的程序。船上具有这个能力的人，只有韩晴。"

所有的目光都注视着韩晴。韩晴从容道："不错，是我谋害了船长。20年前，我父母乘星帆号去半人马座旅游。由于船长郁岩玩忽职守，飞船失事，我父母和200多人遇难，他却乘着救生飞船逃走了。他欠下了200多条人命，难道不该死吗？"

大家沉默了。

雾冰又说："从现场看，我当时先杀了机器人驾驶员，船长和机器人相隔7米，他完全有时间报警，可是他没有报，因为当时他已经死了。航行日记有超新星爆发的记录，我猜想，一定是超新星的爆炸，使飞船遭受了极强的宇宙射线照射，船长一定是把飞船的所有能量都集中到了冬眠舱的能盾上，保护了我们，而他则暴露在强烈的辐射中，瞬间被夺去了生命。"

大家肃立在巨大的舷窗前，目送着船长的固氦冰棺飘入太空深处，成为一颗闪亮的流星。

指令长隆意味深长地说："他终于可以直面星帆号的所有亡灵了。"

《科幻世界》，1994年第12期，马义改编

撞　击

孙继华

地球危机应变委员会接到报告，在玫瑰座GE394天区有一个天体，以每秒22万千米的速度向太阳系飞来。该委员会提议，由地球联盟防卫总部的刘易斯上将指挥天问号飞船，在外层空间对此天体进行考察。

船长刘易斯奉命率领44名船员和科学顾问唐德，驾驶着天问号飞船起航了。天问号是人类用最先进技术联合造就的飞船，航速达到每秒4万千米，能在1分钟内减速到零，在3分钟内加速到极限，同时船内重力加速度不变。

"船长，目标速度高于每秒25万千米，运动方向是地球。"导航台报告。几分钟后，又报告说："目标速度：每秒29.36万千米，目标将在55分钟后遭遇本船，1小时零2分后撞击地球。"

刘易斯惊叫一声："近光速运动，这不可能！"科学顾文唐德说："船长，物体以光速运动是完全可能的，只是我们人类没有这样先进的技术手段罢了。当物体以近光速运动时，它的质量趋向于无穷大，爱因斯坦早就论证了这一原理。"

刘易斯问："唐德，如果我们被迫使用粒子炮对它进行拦截，结果会怎么样？"唐德答："用粒子炮对付一个近光速运动的天体，成功的概率不到1%。"

指令舱里一片沉寂，一种空前的压抑情绪笼罩了所有成员。为了引起目标的注意，刘易斯决定向它发射两枚光子炮。16分钟后，光子炮击中目标，但毫无反应。这时，飞船的电脑得出了最后结论："目标摧毁地球的可能性大于99%。"

一阵阵冰冷的浪潮向刘易斯袭来。导航台报告："5分钟后遭遇目标。"科学顾问唐德发疯地敲击着键盘，飞快地在大脑深处寻求答案。"4分钟后遭遇目标。"导航台又报告。

船长刘易斯毅然决然下令："执行AC计划。防卫官，立刻将粒子炮引爆程序输入自毁系统，拦截飞来的目标，执行时间是遭遇目标前的半秒钟！"想不到人类的进化将毁于一旦，科学和文明到底有何意义？

"船长，请立即撤销AC计划。"唐德不知何时站到了刘易斯身旁。"什么理由？""目标的运动速度使处在目标里的物质已被量子化，对地球来说，它不过是一团虚化了的物质波，不再构成多大的威胁。"几秒钟后，刘易斯下令："停止AC计划。"

几分钟过去了，导航台报告"目标将在10秒钟之后撞击地球！"刘易斯和全体船员瞪大眼睛，紧张地注视着屏幕，当那几倍于地球质量的光斑突然扑进地球大气层的一刹那，所有的人都倒吸了一口冷气："噢，上帝！"

然而，什么也没发生，没有！地球还是那么蓝。

《科幻世界》，1994年第11期，马义改编

点您喜爱的天气

王华明

清晨，A市的空中广播准时响了起来："亲爱的听众，早上好！为了丰富群众的娱乐生活，气象台开办了一个新栏目——'点您喜爱的天气'。您爱刮风、下雨或是打雷，在不影响农业生产的前提下，都可到气象台去点。今天是第一次推出，交费报名处是……"

无数的听众听到了这个消息，人们十分好奇，议论纷纷，越议论越感兴趣，不少人赶到交费报名处去点天气。

一会儿，空中广播又响了起来："今天第一个点天气的是未来幼儿园的孩子们，他们点半小时的大雪。"大雪果然下了起来，地面上的雪一会儿就积得很厚。孩子们都高兴得不得了，他们扔雪球、堆雪人，度过了难忘的半小时。

雪下完了，空中广播继续播音："下面点天气的是大名鼎鼎的作家B先生。他为了写作的需要，点一场暴风雨。"地面上的雪很快被人工融化了。与此同时，暴风雨降临了。人们都躲进房子里，尽情欣赏这一具有天地之威的场面：隆隆的雷鸣，夺人魂魄；明亮的闪电，劈开乌云……

暴风雨终于过去。经过这两次颇为成功的天气变化，人们的积极性更高了，点天气的人更多了：有情侣点富有诗意的小雨；有老

人点感伤意味较浓的秋风；还有人点烈日炎炎的天气……就这样，人们点出来的天气变化多端，丰富多彩；持续的时间也不尽相同，最短的只有15分钟，最长的达两个小时。

这美妙的一天终于快要过去了。A市的居民经过了一天如此有意思的场面，个个意犹未尽。人们都说，这一天天气变得是快了点儿，让人目不暇接，甚至反应不过来，但我们都满足了。

空中广播进行到尾声了："下面是今天最后一个点天气者，他点的天气是：下冰雹！"

不一会儿，果真看到苹果大小的冰雹从天而降，人们都愣住了，更是百思不得其解。"这是谁点的？有什么目的？""什么天气不好点，专点下冰雹？"人们众说纷纭。

10分钟后，冰雹总算停止了，这时空中广播又补充说明："刚才点下冰雹的是市冰块制造总厂，10分钟的冰雹就是冰块制造总厂提供的赞助。总厂厂长祝全市人民身体健康，并希望用冰者速与本厂联系。今天节目到此结束，我们明天空中再会。"

人们这才恍然大悟："原来是在做广告！"

《少年科学》，1994年第1期，庄秀福改编

假日远足

王　健

我登上山丘，看见碧波汹涌，这才是真正的海洋。凯尔星上那些死气沉沉的水，根本不能算是海洋。我第一次发现水也有如此的生命力。

我记起口袋深处有棵小草，这是我上次在X-80星上远足时带回来的，不能让它暴露在凯尔星污浊的空气里，所以一直将它藏在口

袋深处，好吧，就让它留在这儿吧，我轻轻将小草种下。我的假期到了，再见，可爱的小草。传送机让我从这个星球的空气中消失，我回到了凯尔星。

拥挤的人群，污浊的空气，令人疲惫的工作……又是1年过去了，我又来E-3星球度假。1凯尔星年大约等于7000万个E-3星年。站在海滩上，周围是一片郁郁葱葱的绿色，我欣赏着周围的植物，它们如今是这个星球的主宰。

我希望这个世界不仅有植物，还应有动物。这次我违法携带了两只凯尔星水母出境，便把它们放入海水中。当我回凯尔星时，我因此被判入狱1年。我在247层楼的那间小屋里做苦工。

第4年，我出狱后终于再次获准到E-3星。在那儿，海岸线已经变得遥远。我发现我处在一大群丑陋的庞然大物中间。这种笨拙的动物已统治了这个世界，陆地上、海洋里，到处是这种恐怖的东西，森林里不时传来它们可怕的吼叫。我感到我错了，我忽视了进化的另一方面。在这个假期里，我使用武力，尽力去杀死那些巨大的生物，剩下的小动物我则来不及铲除了。

我回到凯尔星，再次入狱。我是罪魁祸首，那个E-3星上，甚至已经进化出了智慧的动物——人，那些智慧动物把E-3星称为地球。地球上的动物以惊人的速度进化着。自从上个月使用铁器之后，昨天，他们已向凯尔星宣战，因为他们的星球已拥挤不堪了。

我静静地吞下一大瓶安眠药，我再也不会做假日远足了。

《科幻世界》，1994年第9期，马义改编

魔鬼梦幻

王晋康

在生物研究所里，有一个女博士叫尹雪，貌美惊人。所里有两位天才研究员：司马平和黑姆。十几年来，黑姆一直暗恋着尹雪。但尹雪对他不屑一顾，为此，黑姆十分恼怒。他观察到，尹雪在热恋着已婚的司马平，而司马平也喜欢尹雪。所以，黑姆就记恨司马平。10年前，司马平因一场车祸损坏了脑子，变得智力低下，离开了研究所。但尹雪仍把司马平当成偶像膜拜，始终不肯移情。黑姆耿耿于怀，发誓一定要报复。

黑姆也不愧为一个天才，最近他有了一项重大的发明。黑姆找到了隐居的司马平。他说，他发明了一种双向梦幻机，可以模拟眼耳鼻舌身的各种感受，连性快感也能模仿得惟妙惟肖。更奇妙的是，这梦幻机是双向的，可以把人的思维电波取出来(A向思维)，输入梦幻机，电脑据此进行创作编辑，再反输到人脑(B向思维)，两种思维互相糅合，就形成了最能与感受者发生共鸣的梦幻世界。但迄今还没找到一个合适的生物学家亲身试验。司马平表示愿意试一试。黑姆为司马平戴好魔幻传感器，开启梦幻机，梦幻就开始了。

(A向思维)

10年前，脑部受伤后，我便离世隐居。有一天我独坐家中，老同事黑姆找来，向我介绍梦幻机，我接受试验。

(B向思维)

门铃响了，原来是尹雪。她说，她根据我受伤前留下的一个公式，深入研究后，以我和她两人的名义发表了论文，获得了今年的诺贝尔奖，让我和她一起到瑞典去领奖。

黑姆得意地奸笑着，把电脑B向思维调至在"名利"档，并上调到最强，要看司马平怎么度过名利关。但电脑的控制电平猛一抖动，向A区偏斜。

(A向思维)

我要求尹雪给我看看那个公式。尹雪取出一份《生物学报》，我接过来，却什么也看不懂。我说，我没有资格领奖。尹雪很失望。

黑姆神情沮丧，他的阴谋没有得逞。他忽然一咬牙，把B向思维调至"性欲"档。

(A向思维)

我和尹雪隔着茶几坐着。尹雪年轻漂亮，我一直很喜欢她。但我已成婚，不敢有非分之想。

(B向思维)

尹雪提出到外面散散步。我俩出门，上了她的"风神"车，一直开到海滨。在夜色中，尹雪脱去衣服，下海游泳。她上来时，我抱住了她，我们就云雨起来。

黑姆在屏幕上看到两人做爱，感到撕下了司马平的道貌岸然的外衣，有一种复仇的快意。忽然，电脑电平猛然抖动，司马平的A向思维高涨。

(A向思维)

一阵强烈的性快感汹涌而来，把我淹没。我突然惊醒，这不是我的本意，是黑姆的梦幻机强加给我的。我拉起躺在地上的尹雪，梦幻世界轰然倒塌。

梦幻机自动关闭了。黑姆脸色灰白。

司马平睁开眼睛，他发现自己的智力恢复了。当A向思维和B向思维在他头脑里激烈冲突时，无意中撞开了受伤造成的思维梗阻。他兴奋地笑了，对黑姆说："谢谢你！梦幻机是一项伟大的发明，只要用到正确的地方，它会为人类造福。"

《科幻世界》，1994年第9期，马义改编

呐　喊

王　辂

　　自从那件事后，每当我闭上双眼，头脑里便出现一幅幅可怕的景象，耳边会响起那沙哑的"救救我们……救救我们……"的声音。

　　那是一个深秋的早晨，我背着书包独自走在街上。突然一道蓝光从我身后射来，立刻，我失去了知觉。不知过了多久，我醒来时，发觉自己躺在一张床上，身旁坐着一个身着白风衣的人，脸上戴着防毒面具。见我醒来，他说："你这孩子真淘气，不戴防毒面具，不穿防酸服就上街，怎么，想死吗？"说着，便将一个防毒面具给我套上，"我再去给你拿件防酸服来，你在这儿等一下。床头有报纸，你可以看。"说完他走出房门。

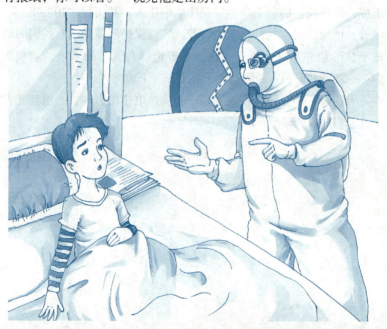

　　我拿起报纸一看，只见第一版上用大号字印着："2075年3月23日至2078年4月7日全世界死于……"我明白了，我来到了未来地球。那个人拿来了一件防酸服，让我穿上。他说："我得到通知，你是我们请来的客人。现在我领你去开会。"之后，他把我领进一个飞行物。

　　约莫过了10分钟，飞行物停在一座大厦旁。我们进入电梯，升到95层，来到一间富丽堂皇的会议室，里面已坐满了人。一位中年男子将我领上主席台，他用沙哑的声音说："至于他的身份我不必说了。"说完又转过身对我讲，"我只想告诉你，你现在处于公元2098年4月7日，离你生活的时代大约相距100年。我们是利用四维空间将你带来的，为的是让你看看未来的地球和人类。你大概已看到了，这儿到处是垃圾和污水，整个大地笼罩在工业废气下，变得暗无天日。我们不得不戴上防毒面具，我们每年要用大量的香水'洗肺'，即便如此，每个人出生后1—2年内嗓音便会沙哑，身体逐渐消瘦，加快我们的衰老。你看我像个中年人，其实我才20多岁。"接着，他递给我一封信，信上写着："请保护环境，救救我们的地球吧！"他停了停又说："这关系着地球和人类的未来。救救我们……救救我们！"说着竟哭了起来，台下也哭成一片。

　　大约过了10分钟，我被领到一间满是电钮的房间，一道蓝光射来，他们的声音渐渐远去了……

《科幻世界》，1994年第6期，马义改编

星　使

韦经东

晨报上有条新闻：太空研究机构收到一些神秘信号，经推测认为信号来自一个星际委员会，正向地球执行任务的人员发出指令。我看了不禁哑然一笑，这些报社记者无所事事，挖空心思散布骇人听闻的"新闻"。

我驾着车去公司上班，车子风驰电掣地向前驶去。当车子接近交叉路口时，一辆大型集装货车猛地斜插出来，我的车子从货车底部穿了过去，车顶给削掉了。我让车子停下来，刚喘了口气，只见一道黑色闪电直朝我劈来。我本能地发动车子，想离开那道闪电，但车子却栽在路旁。

我跟跟跄跄走进一个电话亭，想给公司打电话。那辆黑色车子也在电话亭旁停下，我一甩电话，朝停车场跑去，那辆黑色车子则不紧不慢地咬着我。我慌不择路窜进停车场内停着的一位女士的车内。我对那女士说："小姐，我被人追杀，我需要你帮助，借你的车用一下。"

"追杀？你是什么人，为什么有人追杀你？"那女士面无表情地问我。这时，那辆黑色车子也在路旁停了下来，两名衣冠楚楚的男子走下了车。我一脸的绝望，正要推开车门，突然，车子像离了弦的箭朝前冲去。那两个家伙也返身扑向黑色车辆，疯狂地追杀过来。我真不明白：这些人为什么非要置我于死地不可？

汽车在大街小巷玩起了捉迷藏。我感觉自己仿佛置身于一艘太空船中。不知过了多少时间，车子终于在郊外停了下来。暮色披上大地，我和那女士在车内一声不吭。许久，我扭过头问那女士："你究竟是什么人？"她毫无感情地说："我是来自宇宙的星使。到地球来考察，今天是我返回基地的时间，现在请你盯着我的眼睛。"

我遇到了星使！我像一个小孩儿顺从地听她摆布，盯着她那双眸子，脑海中模模糊糊地出现一幕幕往事：我初恋的情人，我的好友……突然好友变成追杀我的杀手，我坠入一个无底的空间。一声嗔斥让我回到了现实。她说，已经查阅过我大脑中的一切信息，知道了我被追杀的原因。原来，我们公司在暗地里干着伤天害理的勾当，公司财务部主任罗斯是我的密友，交给我一张纸条，才使我受牵连，遭追杀。

女士说她的时间到了，将我送到警察局，让我自己解决。突然我的身子浮动了一下，眼一睁，发现自己站在警察局大楼前的广场上。我摸摸衣袋，那纸条还在，于是我昂首阔步地走进警局大楼。

《科幻世界》，1994年第3期，方人改编

大战恶蛇岛

肖 凡

公元2500年，地球的希腊半岛上接连有5人被杀。太空警署接到报案，派警长比利率朱比特和斯巴达来破案。比利察看了5名死者，均为健壮的男子，卷发，络腮胡须，"怎么都像赫拉克勒斯？"赫拉克勒斯是古希腊神话中的英雄，曾杀死过九头巨蛇许德拉。

深夜，比利他们入睡了。突然，警犬叫了，比利他们马上提高了警惕，蓦地，门口闪电似地闪进一道灰影。"许德拉！"三人同时惊叫。这怪物确实像古希腊神话中的九头巨蛇许德拉：上肢像人，下身像蛇，有九个脑袋。怪物竟然开口了："比利，你不是在找我吗？我现在要杀了你！"话音未落，一个亮点朝比利飞来，比

利向右一闪，用戴合金手套的左手接住飞来之物，一看，是一片蛇鳞，看来那5人就是死于这种毒辣的武器。

这时，朱比特把灯打开，三名太空警察与怪物展开了恶斗。怪物的九个脑袋都能开火，火力极强。比利他们使用的是次声枪，射出的次声波能使人血管破裂、内脏损伤而死亡。怪物知道次声波的厉害，转身就逃。

比利和两名助手紧紧追踪而去，追到一处废墟，发现是废弃已久的宙斯神殿。废墟中有一个地穴，比利带头跳下，身上的变色宇宙服发出磷光，照亮前进的道路。坑道越来越窄，比利掉下一个陷阱。朱比特和斯巴达去救他，两人落入另一处陷阱。

比利用头盔内的报警装置发出求救信号，警卫队飞速赶来，救出3名警察。

比利领人继续向里搜索，见一间屋子里灯火通明，屋里有一排排巨大的玻璃瓶。从瓶上的标签得知，瓶中的胚胎是用被赫拉克勒斯杀死的九头巨蛇许德拉尸体上的细胞培育出来的，胚胎成熟后就成了一个个小许德拉。看来，九头巨蛇许德拉已被人复活，它到希腊找赫拉克勒斯复仇，错杀了5个貌似赫拉克勒斯的人。比利又进入另一个房间，看到许多文件，全用希腊文写成，上面写道：来自长蛇星座的梯丰是长蛇星之王。长蛇星人有先进的科学，欲称霸宇宙，曾毁掉了海王星在地球上的领地大西洲。长蛇星人的最大敌人是武仙星之王赫拉克勒斯，九头巨蛇许德拉是长蛇星的一名战将。看到这里，比利知道了一切坏事全出自梯丰之手，但不知梯丰是不是藏在这里。

半岛上有一处颓败的古建筑，看样子无法住人，因此谁也没有注意它。这时，倒塌的地基慢慢裂开，拱起一个土堆，地下冒出火光。猛然间，一声巨响，一个怪物跳出地穴。只见他有6米多高，长着100个蛇头，发出各种各样的声音，有的像狮吼，有的似牛叫，有的如鸟鸣。有人惊叫："这是梯丰！"

梯丰看到了比利，一步步朝他逼来。比利发射激光枪，被梯丰用超强玻璃盾牌反射回来。梯丰把口一张，100道烈焰朝人们喷去，人们四处躲避。比利用粒子束武器向梯丰射击，射穿了他的盾牌，打伤了他的右手。梯丰气坏了，疯狂地向人扑来。

正在危急时刻，巨人般的赫拉克勒斯出现了，他挡住了梯丰。梯丰见是老冤家赫拉克勒斯，知道不是对手，转身便逃，乘上一艘飞船飞走了。

在众人的欢呼声中，赫拉克勒斯向人们挥手致意，然后介绍了事情的原委：

早在2万多年前，武仙星人就发展了自己的高度文明。邻近的长蛇星人条件不太好，他们觊觎武仙星的财富，多次发动侵略战争。武仙星人将他们一一打退。长蛇星人只能把目标转向当时尚处于愚昧状态的地球，并征服了地球，无数地球人沦为他们的奴隶。正在此时，另外一个星球海王星因为改变了自己的运行轨道，引起气候变化，无法生存。海王星之王波寒冬率国民来到地球，落脚在大西洲，建立了繁荣的大西国。这下引起了长蛇星之王梯丰的垂涎，入侵大西国。大西国人顽强抵抗，最后梯丰炸沉了大西国。

赫拉克勒斯最后说："梯丰不会甘心失败，你们要小心他卷土重来！"说罢，登上一艘飞船，很快消失了。

《少年科学》，1994年第3~4期，庄秀福改编

月球的故事

萧　健

人类征服太空300周年纪念展览开幕在即，他答应要提供几样展品，要徒步到阿波罗登月点去录制全息图像。其实，阿波罗登月点的全息图片不是没有，可它们都是利用空间遥感技术录制的，而他要提供的展品却要人工实地拍摄。乘月球站的交通艇登上月球后，他选择的是一条前人没有走过的道路。这条路要通过传说中被称为"死亡之谷"的地方，而且他要徒步穿过那儿。

太阳镶嵌在空中，把月球烤成一片焦土。从环形山巅望去，是连绵不断的浅灰色原野。他向远处眺望，有一个灰色的小点在移动，慢慢地看清了，是一个穿宇宙服的人。监听器响了："欢迎你的到来，我已经等待几百年了。"

怎么会是几百年？难道时空把人的年轮颠倒过来？他心里一惊，后来发现那是个机器人。机器人伸出钢铁的长臂："你不能往前走，前面是我们祖先的陵园，我是不会让你打扰他们的。"他说："我可以绕着走。"机器人哼了一声："你还想走？今天你别

想活着离开这里了。不过，我会让你死个明白。"

接着，机器人讲了自己的故事：在人类的19世纪，一些来自距离地球非常遥远的智慧星体的外星人，准备远征地球，但还没来得及在地球登陆，就在当时所选定的中转站月球死光了。临死前，他们造出一个高智商的机器人，命它守护陵园。机器人孤零零守候在月球上，独自忍受恶劣的自然条件和寂寞。机器人一代一代复制自己，等待着向人类复仇，今天终于等到了。

机器人突然不耐烦了，它双臂一伸，把他的太空行李车抢了过去，手臂一抬，便扔得远远的。他在劫难逃了。

正在这时有声音说："不要紧张，我来接应你。"他抬头一看，一辆太空行李车从山口开来，是他在月心工作的女同学。她来到机器

人跟前，说："你要杀人吗？这是个充满了仇恨的愚蠢时代的程序。伙计，风吹过你的发梢吗？阳光照你的脸颊你高兴吗？都没有。在这个死寂的星球上，你怎能体会到真正的生活？当春风吹来时，说明小树已发芽；当阳光照满大地时，爱情的鲜花要盛开。你当然不会明白这些的。你就把这一切给毁了吧！"她说着，流下了泪。

机器人眼里充满困惑的表情，目光渐渐柔和下来，也许它所贮存的指令没有办法解决这么复杂的问题。它转过身走了，什么也不说。

她走到他跟前："让我跟你一起去。"他俩肩并肩，向前赶。

《科幻世界》，1994年第8期，马义改编

早恋诊治仪

谢瑞昌

一个叫秦浩的高三学生在三峡大坝上徘徊。两年前，他认识了邻校的一个女孩叫赵怡，因为无法驾驭丰富的感情而搭上了早恋的班车。相识前，两人都是学习尖子，坠入情网后，成绩急剧下降。家长的厌弃，同学、老师的鄙夷，使赵怡受不了了，她提出分手，还在大庭广众之下，羞辱了秦浩一顿。秦浩脑皮发炸，两眼发黑，来到了江边，天越黑，心越烦，一狠心，扑入了江中。

"小伙子，醒醒！"秦浩醒来，见面前有个秃顶老头。"你是被我的机器鲨鱼救上来的。年轻轻的，为何想不开？"老头问。秦浩想了一下，觉得告诉老头也无妨，便说是因为失恋。老头说："那你能告诉我从恋爱到失恋的具体经过吗？"秦浩正憋得难受，点头道："好吧。"老头搬来一台仪器，把一副耳机套在秦浩头上，把一只话筒推到秦浩嘴边："好了，开始吧。"

秦浩慢慢讲，老头认真听。秦浩一讲完，老头立即关上仪器，

问："现在感觉如何？"秦浩此时感到脑中一片空白，什么也记不起来了。他紧张地说："我不记得什么了，这是怎么回事？"老头高兴地叫道："对啊，就是要这种效果。"秦浩急了，他扑向老头："现在我成了傻子了，你为何要害我？"老头往旁边一闪，问："你叫什么名字？""我叫秦浩。""你不是记得自己的名字吗！你再想想自己的童年。"秦浩一闭眼，童年时代的生活情景便在脑海中出现了。"我没有失去记忆！"秦浩问，"这是怎么回事？"

老头笑眯眯地说："这正是我这台仪器的妙处啊！它是根据高级感应原理、声学原理等工作的。它能将你说话的内容，从记忆中全部洗掉。我花了20年时间研究出来，本是用来消除人的一切苦恼的，倒先给你用上了。不过，我老了，没有精力推广它了。"秦浩说："老爷爷，我来当你的助手，把它推广到全世界。""好，年轻人。"老头兴奋地拥着秦浩的肩膀。两人商定，把这仪器取名为"早恋诊治仪"。

《科幻世界》，1994年第8期，马义改编

注意银灰色轿车

星 河

威威以往上课从不迟到，可今天却迟到了。问题出在车上，他出门时，看到门前停着一辆银灰色的轿车，它漂亮极了，像一颗闪闪发光的子弹。威威从未见过这样的轿车，他探头一看，车里没有司机。他正要往学校走，这时怪车竟自己开动起来。没有司机，它竟能自行行驶！

威威迟到了，他把见到的怪事告诉同学们，许多同学都怀疑他说的，只有君君相信威威不会撒谎。于是，他们决心要找到这辆车。

过了几天，君君和威威同时从学校回家，突然一辆银灰色的轿车从眼前一闪。威威想都没想就冲上马路，张开双臂挡在了车前。一声刺耳的刹车声，轿车停了下来。好险啊！突然，一股强大的吸力把威威吸进了车里！

银灰色的轿车在快车道上飞驶。"你一直在找我？"威威听到一个声音。

"你躲在哪儿？"车里空空的，威威找不到人，只好空喊道。

"我没有躲，我就是'车'。"那个声音说，"我把你请上来，因为在你们的星球上一辆车和一个人说话是会让人奇怪的。"

"你是外星人——外星车？"威威奇怪地问，"你们星球为什么不派人来？"

"说来话长！"怪车叹口气说，"最初我们也是人造的交通工具。后来所有的车都发展成有高级思维能力的智能机，能为人做一切事情。渐渐地，人类退化了，人类整天躲在汽车里，与大自然隔离了。后来，太阳发生了磁爆，所有靠太阳能工作的机器全都停工了，汽车也不例外。于是，人类又走出了汽车。但他们已经不能适应充满污染的空气，身体又极脆弱，几乎在这种慢性吸毒中灭绝了。剩下的人打算找个不依赖汽车的干净星球去生活，这样我就被派到你们地球来了。"

"那你看地球怎么样？"威威紧张地问。

"地球很美，资源也丰富。"怪车回答，"但汽车发展也太快，不久也许会和我们星球一样……"

威威还没有反应过来，就被送下了车。他发现君君在没头没脑大声喊着："看！银灰色的轿车！威威没有撒谎！"

《我们爱科学》，1994年第5期，禾文改编

朝 圣

星 河

　　100多年前，一颗陨石从天而降，碎片横飞。在一个极偶然的机会里，人们发现这洁白如玉的石块能产生一种神秘场，谁有什么难题，只要将身心沐浴于这个场中，立即迎刃而解。换句话说，这个神秘场能吸入人的脑电波，同时激活人脑中的"死角"，它是一架"智能增强器"和"情感疏通机"。于是，人们盖起了圣殿，推选出守护长老，将圣石奉为至尊，让其为人类分忧解难、谋利造福。不出半个世纪，几乎所有的人对朝圣趋之若鹜。

　　不料40年前，圣殿发生了一场变故。当时40岁的第四代长老不知何故，在圣石公展日之后拂袖而去，同时宣称他已带走了圣石。一时间，人心惶惶，议论纷纷。不过，风波很快过去，因为圣石产生的场仍在发挥作用，继续为人们指点迷津。

　　今天，我奉导师之命，从月球乘飞船到地球，去圣殿朝圣，要彻底摸清圣石真假之谜。经过艰苦跋涉，我来到圣殿，圣殿中央有一圆台，圆台上是一只圣匣，圣石就装在圣匣里。在两次朝圣的间歇里，我取得了与4名长老单独谈话的机会，要求亲眼看看圣石。长老说，圣石每20年公展一次，只有那时才能一睹圣容。我反驳说，可是已经40年没有公展，是否圣石已不在了。长老们斥责我是胡说，是中了别人的毒。

　　后来，我又和长老们谈过一次话，要求看圣石，又遭他们的拒绝。我知道，正面接触无取胜的希望，只能迂回作战了。

　　深夜，我用多种先进手段潜入圣殿，众多的报警系统对我形同虚设。我打开圣匣，取出一块白石。导师告诉我，真正的圣石在日光下绝无阴影。我想：拿白石在白天一看，真假立见分晓。正在这时，4名长老出现了。我知道难以脱身，十分着急，突然急中生智，我打开打火机，火苗腾起，白石出现了阴影，很显然，这不是圣石。

4道激光束同时向我射来，他们要杀人灭口了。我急忙躲闪，迈步移向山崖，毅然跳了下去，山崖边斜出来的一株松树救了我的命。

我拖着遍体鳞伤的身子走出山区。街头的大屏幕电视正播着新闻："……至今尚未发现尸体和圣石碎片……""据悉，目前隐居月球的第四代40岁长老手中持有真正的圣石，不日内他将携石返地并主持朝圣工作。"接着，导师出现在屏幕上。

我明白了，导师要揭开圣石真假之谜是假，夺回他自己失去的权力才是他真正的目的。我不过是充当了他们争权夺利的工具。现在，我排解自己沉重郁闷的唯一方法就是——朝圣。

《科幻世界》，1994年第8期，马义改编

推销爱情

杨 鹏

这个世界上，爱情和金钱，常常不可兼得。比如说我，一个默默无闻的发明家，是个穷得叮当响的穷光蛋。可我婚姻美满，我的妻子美若天仙，又温柔贤惠，对我忠贞不二。我穷得只剩下爱情了。

可有的人，他们没才没貌，却富得流油，俗称"大款"。他们的钱可以呼风唤雨，买到女人，可是却买不到爱情。

最近，我倾家荡产，搞出了一项可让所有的人都大吃一惊的发明：我研制出一把"枪"——"爱神一号"。

我揣着这把枪，来到郊外一座豪华的住宅前。我早就打听到，住宅的胖主人叫K，目前是个光棍儿。他结过10次婚，那些女人无一不是看上他的钱，同他结婚后，巴不得他早点死。K胖子怕折了阳寿，把她们一一打发走了。我要找的正是K胖子这号人。

我按响了门铃，K胖子把我让入客厅。我对他说我发明了一把枪，叫"爱神一号"，如果他喜欢哪个女人，用这枪朝她开几下，她就会爱上他。K胖子喜出望外，用一叠钱买下了"爱神一号"。

我用这笔钱还清了债务，并且过上了温饱的生活。过了些日子，我家又揭不开锅了。我吻着妻子说："我们很快就会有钱的。"

我再次敲响了K胖子的家门，K胖子热情地接待了我。我问他：

"爱神一号"的效果如何。他说，效果倒是不错，一个漂亮女人爱上他了，但无法再向前迈一步。我说："我又发明了'爱神二号'，它比'爱神一号'的威力大了10倍。用这枪坚持每天朝那女人开一下，她会不顾一切地爱上你。"K胖子立即拿出比上次多10倍的钱买下了"爱神二号"。

我用这笔巨款给妻子买了首饰、时装。妻子也开始打扮起来，有时画眉也要1个小时。我有了新的奢望，便投入"爱神三号"的研制。

我第3次登K胖子的家门。K胖子向我诉苦，他爱的美人是个有夫之妇，她爱K胖子，也爱丈夫，正进退两难。我一听，便说，看来今天我带来的"爱神三号"的威力还不够，我马上回去改进。

翌日，我把"爱神四号"交给K胖子，K胖子马上跪下，求我研制威力更大的枪。希望只要朝她开一枪，她就会铁心跟他，永不反悔，他愿以一半家产——5000万元买这枪。我经不住诱惑，为他研制出了"爱神五号"。

我取得巨款后，兴冲冲地回家。谁知，我的爱妻正在屋里和K胖子亲吻呢！K胖子追求的美女竟然是我的妻子，我是搬起石头砸了自己的脚啊！

《科幻世界》，1994年第9期，马义改编

变成狗的亿万富翁

杨　鹏

杰里醒来了。他觉得不可思议，自己明明从63层楼上摔下来，怎么没有摔死？他朝自己全身上下一看，发现自己竟变成了一条狗。

杰里想起了半小时前的情景：他和自小相交的好友爱德华坐在

紫金大楼的最高层的阳台上对月豪饮。杰里一人继承了父亲的遗产，一下子成了亿万富翁。而爱德华时运不佳，贫困交加，因此杰里常常接济爱德华。谁知，爱德华人面兽心，乘杰里不备，把杰里推下了大楼。

杰里的大脑飞速思考着，该怎么办？对，应该先回家。他跑回家中，找到一小桶黑漆，用嘴叼到妻子鲁茜卧室外，一只前爪蘸着黑漆在地板上写着："鲁茜，我是杰里，爱德华把我推下大楼，但我没死，变成了一条狗。请马上报告警察。"

鲁茜走出卧室，看到地板上的字，吓得大叫起来。这时，从卧室中走出一个男人，竟是爱德华。他看到了地板上的字，马上从口袋中掏出一只手枪，对准杰里的脑门："别动，杰里。我爱你，也爱钱。害你的不仅是我，还有鲁茜。鲁茜继承你的遗产后，将和我结婚，现在我必须杀死你。"杰里乘爱德华说话之机，猛地窜上去在他手上咬了一口，手枪掉地，杰里夺门而逃。

杰里逃到一个小镇，走到一间小木屋门口，见屋里有个年轻人正在打电话，桌上有台电脑。杰里灵机一动，跑进屋，蹿上椅子，前爪搭在电脑的键盘上。这时，门外进来一位老人，年轻人叫他爱因斯坦教授。爱因斯坦一下子看到一条狗在打电脑，屏幕上显示出："我是杰里，被爱德华害了，我不是狗。我需要帮助。"

年轻人立刻拿出当天的报纸，看到了亿万富翁杰里被害的报道。但人怎么会变成狗呢？正在这时，门外人声嘈杂，原来是爱德华找狗来了。爱因斯坦反应极快，带着杰里上了自己的轿车，开车就跑。爱德华一伙人见到了杰里，开车就追……前面是悬崖，已无路可走。爱因斯坦拿出一把榔头，向杰里的脑门砸去。杰里当即死去，爱因斯坦迅速从口袋中取出一台小型仪器。

1个月后，法庭审理杰里被害一案。爱德华站在被告席上，面不改色，他认为原告没有证据。轮到爱因斯坦发言了，他说："我

先向大家介绍杰里是如何变成狗的原理。人的思维，其实是一种脑电波与粒子流的运动。当人遇到紧急情况时，这些粒子流会集中起来，以强脑电波的形式发射出去，如果此时有另一个大脑电波频率和它相同，脑电波就会被接收下来。那天杰里遇害时，脑中有强脑电波射出，恰好不远处一条狗的脑电波频率和杰里的相同，因此杰里的思维转移到狗的脑中……"

爱德华反击道："无稽之谈。那只叫杰里的狗在哪儿？"爱因斯坦从口袋中取出一台小仪器说："这是我研制的脑电波接收仪，那天被你追击，我不得已打死了狗。杰里的思维粒子又被驱赶出来，我用这台仪器接收了它。"这时，有人把爱因斯坦养的一条狗露茜牵了进来，爱因斯坦把接收仪对准露茜。过了一会儿，露茜跳起来，来到书记席上，用前爪在电脑键盘上打出"我是杰里……"

《科幻世界》，1994年第12期，马义改编

黑天帝国的入侵

——太空三十六计之一

杨 鹏

凌波共和国航天司令威天士来铁甲行星巡视。凌波星系由一颗恒星(凌波星)和16颗行星组成，与它相邻的有水晶星系和黑天星系。以前，三国和平相处。可是近年来，黑天星系被一帮邪恶之徒霸占，建立了黑天帝国，图谋吞并两个邻国。凌波星主得知这一动态，派威天士到最外层的铁甲行星视察军事。

铁甲行星指挥官洛克上校向威天士汇报，近期，每天有金属甲虫飞来，被士兵们击落。经查，这些甲虫是受黑天帝国遥控的空空荡荡的大铁球。不知黑天帝国有何阴谋。威天士说："在未弄清敌人意图之前，先击掉再说。"

金属甲虫还是天天飞来，有增无减，地上满是被击落的甲虫残片。威天士的心情一天比一天沉重。这天，他回到指挥所，打开《三十六计精解》一书，翻到《第一计 瞒天过海》，看完之后，若有所悟。看来黑天帝国用的正是此计，他们每天朝铁甲行星发射金属甲虫，造成凌波星官兵的麻痹大意，然后……

就在这时，墙上的警报响了，巨大的屏幕上出现洛克的脸，他报告："不好啦，黑天帝国的战斗机排成战斗队形，直逼而来……"

铁甲行星上警笛长鸣，洛克正忙着调兵遣将。蓦地，他被眼前的景象惊呆了：地上金属甲虫的碎片化作一点一滴的金属液体，慢慢地汇集在一起，化为一个个人形站立起来；另外一些金属液体，也开始变成兽形车、坦克、陆地战舰、自动火炮的形状。

洛克用枪扫射，机器人根本不怕；他又用激光刀砍，把机器人劈为两半，但刹那间又合二为一。洛克开始惊慌失措，忽然有一颗子弹射中了他，他倒地而亡。

　　"防空炮负责掩护，其他中队避免接触，开始撤退。"威天士在地下指挥所里下达命令。地面部队迅速转入地下。

　　铁甲行星的表面上，到处是黑天帝国的机器人和兽形战车、陆地战舰，它们推倒军事基地的堡垒，屠杀抵抗的士兵。铁甲行星上顿时血流成河。

　　黑天帝国的战斗机在天空中飞来飞去。一艘艘隐藏在地底的满载士兵的凌波共和国的飞船破土而出，却被黑天帝国的战斗机围住，纷纷被击落，只有一部分突出重围。

威天士和各指挥官在地下指挥所指挥撤退。猛然间，门被踹开，十几个端着死光枪的黑天帝国机器人闯了进来，一字排开，黑洞洞的枪口对准了地下指挥所的每一位军官。

《少年科学》，1994年第9期，庄秀福改编

宇宙狙击
——太空三十六计之二

杨 鹏

机器人封锁了铁甲行星地下指挥所的出口。"哈哈，威天士，铁甲行星实在是不堪一击啊！"一个人走进来，得意地嚷着。他就是黑天帝国主帅猛天士，这场宇宙大战就是他一手策划的。

"防空炮负责掩护，其他中队避免接触，开始撤退……"威天士和其他军官对猛天士的到来无动于衷，依然指挥着。"砰砰砰！"帝国士兵开枪了，子弹穿过威天士等人的身体，但他们没有流血，也没倒下。猛天士心一沉，突然明白了，"全息幻影！我中了威天士的'金蝉脱壳计'了。"

原来，当黑天帝国机器人占领地下指挥所时，威天士等人已撤出，他又用全息技术制成的全息幻影迷惑猛天士，赢得了撤退的时间。猛天士气得咬牙切齿。

威天士回到凌波星，向星主报告了军情，最后说："形势危急，必须派人前往水晶共和国请救兵。"话音刚落，星主的女儿龙吉公主推门而入，表示愿去讨救兵。尽管星主担心她的安全，但最后还是答应了。在威天士的保护下，龙吉公主冲破黑天帝国的封锁网，到达水晶星，向水晶星主告急。水晶星上下一致主战，于是，

全民进入战备状态。"必须援助凌波星，可是如何着手呢？"水晶星大将军冲天士在思索着。

龙吉公主在水晶星住了几天，不见出兵，心中十分着急。她终于忍不住了，直接找到冲天士，问为什么还不出兵。冲天士没有正面回答，只是请龙吉公主今晚观看战斗。

当晚，冲天士和龙吉公主站在一个基地的最高处。只见一扇门打开了，走出一队高20米的机器人，有六七十个。冲天士命令："'围魏救赵'行动立即开始！"蓦地，机器人像蒸气一样消失了，化作粒子束，射向太空。

"不好了，不好了……"一个黑天帝国士兵向正在指挥进攻凌波共和国战役的猛天士报告："一群来历不明的机器人入侵黑天星，女王要求迅速回兵救援。"猛天士跺脚大骂："坏我大事！"

水晶星的机器人抵达黑天星之后，转化为完整的个体，背上还长出两只大翅膀，对黑天星的军事设施横冲直撞。帝国士兵用火炮射击它们，但机器人不怕炮击，黑天星的损失惨重。黑天女王不断给猛天士发急电，催他回来。可是，当猛天士率军回来时，那些机器人又奇怪地消失了。

原来，冲天士得知猛天士撤兵回国，凌波星危急暂解，就命机器人返回了水晶星。

猛天士因为冲天士用巧计捉弄了他，极为恼怒，同时向水晶共和国、凌波共和国两个国家宣战。

《少年科学》，1994年第10期，庄秀福改编

异星幻想

——太空三十六计之三

杨　鹏

　　水晶共和国战时指挥部收到报告，有一个巨大的无名天体正向水晶星飞来。这肯定是黑天帝国的阴谋，水晶星主决定进行拦截。"霹雳一号"飞船升空，可当它与无名天体相遇时，便与水晶星失去了联系。"霹雳二号""霹雳三号"……"霹雳九号"相继升空，都一去不复返。水晶共和国损失惨重。

　　战时指挥部经慎重研究，决定由大将军冲天士亲自出马，驾驶"蜂鸟"号飞船飞往无名天体，摸清它的情况。龙吉公主表示想同往，水晶星主和冲天士都不同意。

　　"轰——"的一声，"蜂鸟"号升空了。飞船中的冲天士感到身后有人，回头一看，是龙吉公主，她偷偷上了飞船。蜂鸟号向前飞行，靠近无名天体了，云雾里，突然钻出一道绿光，射向蜂鸟。蜂鸟没能躲开，被绿光缠绕了两圈，轮舵控制器便失控了，并与水晶星失去了联系，坠向一片红色的沙丘，插进沙堆。所幸的是飞船未坏。

　　冲天士让龙吉公主留在飞船上，他下去看看。他钻出飞船，看到前9艘失踪的飞船全都插在这儿的沙丘中。突然，飞起一阵沙子，最后化作一个巨人，扑向冲天士……

　　龙吉公主坐在飞船里。猛然间，她感到后脑被什么东西击了一下，顿时失去了知觉。过了一会儿，她感觉到自己的某个器官复苏了。她现在看上去跟死了一样，不会动，也不会说，但她已有了特异功能，可让自己的思维漫步到任何地方，用思维同人交谈。

　　"好一个美人胚子，卖给黑天女王做人体标本，准能卖好价钱。"说这话的人叫乔巴卡，是闻名宇宙的"太空猎手"。他爱钱如命，为了钱什么都干。这次他尾随蜂鸟号到了无名天体，见到龙吉公主，用电击枪把她击昏，扛了就走。

冲天士见巨人扑来，闪到一旁，两人展开恶斗。正斗着，蓦地飞来许多怪鸟、蝙蝠，把冲天士弄得手忙脚乱。这时，冲天士耳边响起了龙吉公主的声音："冲天士将军，别管这些怪鸟、蝙蝠，这全是幻影，霹雳号9艘飞船的驾驶员就是应付这些幻影而力竭死去的。这个无名天体是一个有智慧的生命体，它受了猛天士'借刀杀人计'的蒙骗而与水晶星结仇，9艘霹雳号飞船就是被它击落的。战胜它的方法是向东走5000米，那里是它的大脑，你用枪朝地上扫射，就能制服它。"

龙吉公主竟能通过思维说话，冲天士感到不可思议。他不再管怪鸟、蝙蝠的纠缠，躲开巨人的攻击，赶到目的地，朝地面扫射了一阵，地上冒出了血，大地晃动起来。"快，返回飞船！"冲天士又听到龙吉公主的指点，他跳上"蜂鸟"号，离开了无名天体。

就在这时，冲天士听到了龙吉公主的声音："冲天士将军，我被人劫持了。"

《少年科学》，1994年第11期，庄秀福改编

不速之客

——太空三十六计之四

杨 鹏

黑天帝国的元帅猛天士在灯下研读兵书。他读到一个"偷梁换柱"的战例，受到了启发。猛天士马上觐见黑天女王，要求启用黑天女王的宠物"宇宙杀星"，并说出了自己的计划，女王连声称妙。

"宇宙杀星"是黑天女王豢养的一个流质生物，具有人的思想，阴险毒辣，可以将人在1分钟内融化为液体，作为它的食物。它自身也能变成千万个流质生物，变成各种人形，这些人形都受流质生物一个大脑的控制，因此不必担心那些流质生物会存异心。

几天后，猛天士得到情报，凌波共和国将有一艘名为泰坦号的飞船载着该国的33位将军途经雪地星。"哈哈，来得真好！"猛天士得意忘形地叫道，他可以趁机施行"偷梁换柱"计了。

这天，泰坦号飞经雪地星时，伪装成流星的一只飞行器射向泰坦号。在两者相擦之际，宇宙杀星跳上了泰坦号，并透过它的缝隙，向飞船里渗透。宇宙杀星流向泰坦号驾驶员的脚，把他融化为流质，后来又把飞船上的33位将军全都融化为流质。

泰坦号进入凌波星大气层了，地上一摊液体隆了起来，变成了人形，于是有了鼻子、眼睛，有了肤色，有了衣服——他变成了凌波星上的一位大将。不一会儿，大将身旁出现了另外32位将军。泰坦号安然降落在凌波星，宇宙杀星变成的33位将军被接进了凌波宫。他们将深入凌波共和国的内部，杀死每一位军事要员，掌握军权。黑天帝国将不战而胜。

威天士觉得最近凌波共和国的上层越来越不对劲。他提出的每一项计划都遭到反对，而议会和指挥部所做出的决定，大部分是荒谬的。另外，凌波共和国似乎不再有军事机密了，每一项军事行动，敌人都了如指掌。威天士感到极大的困惑。

威天士忧心忡忡去见凌波星主。快到凌波星主卧室时，听到里边有异响，他快速躲到一边，偷偷往里瞧，见星主被四个持枪的人逼到墙角，情况十分危急。

威天士猛地撞开窗户，跳窗而入，以闪电般的速度对四人猛烈扫射，星主趁机躲到一边。4个刺客都中了弹，但没有倒下，身上窟窿中流出的是白色的液质。威天士忙用身体挡住星主。

4个刺客突然全变为白糨糊，汇在一起，小溪一般从门缝里游了出去。

《少年科学》，1994年第12期，庄秀福改编

丘比特的谬误

袁英　培文

星期天，我驾车和妻子葳葳出外游玩。不慎，车子翻倒，葳葳身受重伤。我把她送到医院抢救，在为她输血时，我意外地发现，我俩的血液成分惊人地相似。由于葳葳已怀孕4个月，所以她又被送往妇科医院做检查。为妻子检查的医生，两年前曾为妻子治过病。检查结果很快就出来了，医生对我说："你妻子怀的是一个有严重缺陷的胎儿，症状和上一胎完全一样，是黑蒙性白痴。"我听后，几乎要晕倒了。医生接着又说："由于你们夫妻的遗传基因表现出只有在直系血缘中出现的排列共性，所以怀畸胎的情况很可能重复出现，因此你们最好不要再怀孕。"

　　我记不清自己是怎样回到家中的。到家刚坐定，一个叫田戈的导演找上门来，他一见我就把我当成黄帆——30年前他认识的一个作家。我说我不是黄帆，他说我和黄帆太相像了。晚上，田戈又来我家，还带来了黄帆的一张照片，我一看，我跟照片上的人确实一模一样，这下我对自己的出生产生了怀疑。

　　第2天，我马上乘飞机来到我父母居住的C市。到家后，我立刻向母亲讲述了我跟一个叫黄帆的人长相极为相像的情况，问母亲是怎么回事。经过一再追问，母亲才说，她和父亲不能生育，在她35岁那年，从N市的优生医院，人工植入一个试管胚胎，那就是我。

　　我回到自己家中，葳葳终于知道，她怀的仍是一个畸胎。她整天默默地流泪，任我怎么劝解也无济于事。我不得不向侨居美国的岳母求援。母爱确实法力无边，岳母来后不久，葳葳的情绪就恢复了正常。岳母还告诉我，葳葳是个人工授精的孩子，精子的来源竟然也是N市优生医院。

　　这样看来，我和葳葳确实很有可能有血缘关系。为了把事情弄个水落石出，我赶到N市。凭着我的机智，获得了优生医院院长的批准，我可以查阅有关人工授精方面的档案。我终于查明，我是一个单性分裂的克隆人，是用黄帆的个体细胞克隆出来的，只不过是借用了我母亲的子宫。我还查到，黄帆在同意做无性繁殖试验之前，已向优生医院提供了3份精液，有一份提供给了葳葳的母亲。

　　我的怀疑终于变为现实，我和葳葳的生命都来自黄帆。按照遗传概念我便是黄帆，黄帆便是我，那么在基因的谱系上，葳葳不也能说成是……我的女儿！

　　我突然爆发出歇斯底里的狂笑。我不能不笑，因为这个世界竟如此荒谬！我抱怨丘比特乱发爱情之箭。对于我的抱怨，这位神也无可奈何。

《科幻世界》，1994年第10期，马义改编

太阳神的女儿

宣昌发

华盛顿，阿瑟·查普曼踌躇满志地大步行进在五角大楼的走廊。长得高大英俊的他，由于在电子技术领域的卓越才干，使美国在中东一场战争中大获全胜。为此，他刚过了28岁生日就被提升为上校，今天应招来接受一个新任务，没想到在走廊拐角转弯时，与健壮如牛的丹尼尔·贝克上校猛撞了一下。顿时，他手中的公文箱砸破了玻璃飞出窗外，四名警卫闻声赶来。不过，当失落了隐形眼镜的贝克上校抬起头时，两名警卫立即本能地举枪对准了贝克上校，因为贝克长着与人类不一样，有同猫一般且散射出冷森森紫光的瞳孔……稍后，当专门医生对贝克做进一步检查时，竟发现他的心脏、肠、肝等都有两副，而且是由几块奇异的腺体组成。保安处贾森上校当即奉命搜查贝克的住所，在书房，贾森上校偶尔拿起桌上一尊希腊神话中太阳神阿波罗的塑像察看，不经意摸到了一粒蓝宝石。此时，在一面蓝色墙上突兀出现一个酷似阿波罗的男子头像，他警告贾森要善待贝克……显然，贝克是个潜入国防部的外星人。

阿瑟·查普曼接受去希腊的任务后决定先回家乡度假。5月的南卡罗来纳州风光迷人，亦是草莓成熟的季节。阿瑟换了便装在祖传的农场转悠，回忆着童年时代的乐趣……突然，一位金发披肩、身材苗条多姿的姑娘提着一盒草莓正走着，不慎脚下一滑。说时迟，那时快，阿瑟见状飞步纵跳上前扶住了姑娘的纤腰……姑娘自我介绍叫安妮，来自希腊。

"呵，这才对了，你应该是奥林匹斯山巅众神的后裔。"阿瑟被姑娘的美貌和高贵的气质所倾倒，他由衷地说。

安妮笑了，阿瑟立刻不失时机地邀请她骑马参观农场……在如画的景色中，俊男靓女双双坠入情网……

阿瑟运用自己的才能圆满地完成了任务后，与安妮尽情游览希腊的名胜古迹……一天，一家古董店老板向两人介绍一幅古希腊罗得岛太阳神的古画时，安妮脱口喊出了"爸爸！"阿瑟不由朝安妮投去了疑惑的目光……

晚上，阿瑟与安妮对着繁星点点的夜空探讨人生、宇宙……安妮终于吐露自己的父亲就是来自另一个星球的古希腊神话中的阿波罗，她是受父亲委托邀请阿瑟……阿瑟乘着安妮驾驶的飞行器从南极冰原一个黑洞下潜，又进入一条隧道……终于，在一间高大宽敞，四周闪着天蓝色光芒的大厅见到了阿波罗。开始，阿瑟以为因自己发现了贝克上校而被邀请。经阿波罗的解释，阿瑟才明白由于美国实施星球大战计划，将在太空轨道部署装有精确的激光武器的卫星。这样对外星人来地球考察的飞船构成威胁，所以让贝克上校出现以示警告……会见结束，阿瑟答应一定将这次谈话转告当局。然而，出乎意料的是，安妮表示了要同阿瑟过一辈子的心愿。为此，阿波罗将两人领到一间密室放了一段让安妮了解自己身世的录像……2500多年前，雅典城最美丽的少女安妮在帕特农神庙建成时被选为圣女接受了大祭司的花环。这时，阿波罗正扮成一个外乡人苦苦追求安妮。这个秘密不幸给另一个暗恋安妮的古希腊少年发现了，他出于妒忌向大祭司告发了安妮。根据当时的宗教裁判安妮将被活活烧死……正在此时阿波罗驾飞船自天而降，祭司与众人视作大神降临，伏地请罪。但是阿波罗鉴于必须遵循他们星球制定的宇宙法则——绝对不能干涉地球人的任何进程，悲痛万分的他只能在烈火吞噬安妮的最后一刻取走了姑娘的一块皮肤，他用单细胞复制技术复活了另一个视作女儿的安妮……

"古希腊和其他地方神话传说的上古时代是确实存在的事

实？"百感交集的阿瑟问。

阿波罗注视着阿瑟默默无言……最后，阿波罗希望阿瑟回去后告诫各国科学家应该携手共同对付来自外太空的威胁——那些在太空由于偏离轨道可能撞向地球的小行星，避免《圣经》上记录的大洪水和中国古时女娲补天为背景的大灾害重演……

"我去了，父亲。"安妮吻着阿波罗的脸颊告别。

"安妮，你这样做将要失去在地球人看来是永恒的生命。"阿波罗伤感地做最后的劝慰。

"父亲，没有爱情的生命又有什么意义。"安妮依偎着阿瑟激动地说。

《少年科学》1994年2月，宣昌发改编

孤独的牧羊人

章 燕

我被一种笛声搅扰好几天了，笛声仿佛是个求救人吹出的。我起身下地，心想：如果真有人求救，我就以一个少女真诚、纯洁的心灵去救他。

突然，脚下出现一扇暗蓝色的光门，我掉了进去，着地时，我发现自己置身在辽阔的大草原上。这时，耳畔响起了一个男声："你终于来了，你叫什么名字？"我回头一看，是个牧羊人打扮的英俊小伙子。我答道："我叫明明，你是谁？"他一笑："明明，是个中国人吧？你叫我孤独的牧羊人好了。来，明明，替我拿着这根牧羊鞭。"

我接过鞭子，顿时一阵剧痛——皮鞭竟与我的皮肉连在一起了！我吃了一惊，不解地盯着他。他说："对不起，明明，从今天起，你成为第98个孤独的牧羊人了。"

我问："这是什么意思？"牧羊人从腰间取下一根血红色的笛子递给我，说："你想不到吧，这片牧场是在海底！这是地球上唯一未被发现的克隆大草原，它处在太平洋马利亚纳海沟的西北方。这里的小绵羊，都不是地球上的哺乳动物，而是克隆星球人的'婴儿'！这儿是他们的'哺育所'，我们是这些'婴儿'的保姆。我和你一样，受笛声迷惑来到这儿，在17岁时成了第97个牧羊人。克隆婴儿的成长需要纯洁与善良，只有纯洁善良的人才会被笛声所吸引。过去牧羊人1年换一个，但现在善良的人少了，我前面的那个牧羊人在这儿待了25年。"

牧羊人又说："我比他幸运多了，当了8年牧羊人。现在你代替我了。"我说："我并不后悔成为牧羊人。不过我要告诉你，这8年来，地球上发生了很大的变化，尔虞我诈的状况已一去不复返了。"牧羊人说："这很好。你每天吹一遍笛子，召唤下一位代替者。既然现在地球人变好了，那么不久就会有人来接替你的。再见。"

他走了，陪伴我的只有那些小绵羊。我把那笛子折断扔了，虽然我知道笛声会召唤接替者，但我不希望这样做。让地球人被利用的历史写到我这儿为止吧！

无数个日夜过去了。外星婴儿10年一批地换了6批了，几缕白发飘在我的额前，它盖住了我因思念人间生活而流泪的双眼。

但我无怨无悔。

《科幻世界》，1994年第4期，马义改编

孔子来听课

朱星寰

有了"时空转换门",古今交往已不是梦想。春秋时代的孔丘孔夫子,决定来我校"考察"教育工作。

公元3077年8月9日,浅黑色的时空中出现了我们翘首以盼的孔老夫子。老校长忙迎上去表示欢迎。

第1节课老夫子被安排在高年级听英语课。老夫子听了一阵,无法忍受,问校长:"此乃何语?"老校长答:"此乃英国之语,谓之英语。"夫子说:"夷蛮之语,怎能授之以弟子!"校长答道:"因英语世界通用,用途极广,所以……"夫子喝道:"你敢妄辩!"众学子皆回首观望,夫子这才没有继续发作。

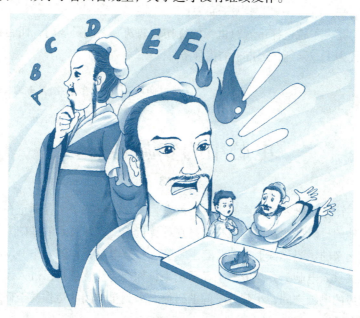

第2节课夫子到高二听语文，这节课上的是巴尔扎克的《守财奴》。他耐着性子听课，完了，他拍案而起："欧女(欧也妮)处处顶撞其父，是为不孝；其父一心为财，是为小人；其母不助夫教女，有损妇德。如此种种不端，巴氏竟不加指责，此为何意？尔等竟用此书流毒弟子，罪无可赦！"孔夫子言毕，众师生皆目瞪口呆。夫子见己言有如此"威力"，大为欣慰，踱出教室。

第3节课乃是初三的化学课。老师抽出一根银白色的镁条，道："这是一根镁带，现在我让它燃烧起来。"闻此言，夫子大奇："难道这似铁之物也能点燃？"——竟一直凑近讲台。老师大受鼓舞，一次用3根火柴点燃了镁条，夫子为看个究竟，越凑越近，继而听夫子大叫一声，摔倒在地。原来，夫子离镁带太近，被火灼伤了脸。老师忙把夫子扶起，夫子恼羞成怒，道："你等竟敢用妖术戏弄本夫子，目无本师，古风何在？古风何在？"他气得胡子都竖了起来，吼道："送本夫子回去！"

孔夫子就这样带着31世纪的忧伤，匆匆登上能量场门，回春秋时代去了。拜拜，远古来的祖师爷！

《科幻世界》，1994年第8期，马义改编

电脑中的梦游之一

杨 鹏

计算机研究所大楼的三层会议室，宁肯的爸爸宁工程师正在介绍他的科研课题："这项技术是在计算机虚幻实体技术的基础上发展起来的。当你戴上头盔，套上手套，打开电脑，你的一举一动都将被录入电脑，并在屏幕中显示出来；你会忽然感到自己进入了梦幻般的电脑空间，小到分子间的碰撞，大到星体间的运作甚至四维

以上的时空，你都能真实地感受到，并自由出入……"

宁肯撩开窗帘往窗外看，爸爸骑着车消失在早晨的阳光里。他心里一阵高兴，推开爸爸房间的门，坐在写字台前。宁肯像爸爸那样按部就班地打开计算机，然后有模有样地戴上手套和头盔。突然，他感到头"嗡嗡"直响，眼前有无数亮点在晃动，宁肯两眼发黑，失去了知觉……

宁肯睁开眼的时候，发现自己正置身于一个陌生而又荒凉的世界——大地一片银光，积满尘土，远远近近是大大小小的环形山。他来到了月球上。

宁肯的脑瓜开始飞速地"旋转"起来。爸爸曾说过：据最新科学推测，月球并不是一个天然的星体，而是一艘巨大的宇宙飞船。月球为什么会由钛那样的各种重金属构成？在月球表面为什么会发现非人工条件下几乎不可能产生的极高纯度的铁？为什么一系列人造月震实验表明，月球是一个地道的金属球体？能使众多不解之谜迎面而解的一个惊人的假想是：月球并不是自然的产物，而是远古"异族人"有意发射的宇宙飞船。

"嗞——嗞"耳畔传来的又一阵鸣响，使宁肯又有些头晕……

当宁肯又一次睁开眼睛时，发现自己置身于一个血红的世界里。湍急的鲜红巨流夹着震耳欲聋的轰鸣和腥咸味，几乎将他淹没了，他身不由己地被挟裹着，随着血的河流奔涌而下。在他的正前方，一个巨大的不断变化着形状的东西正向他移动过来。宁肯猛然想起生物学老师挂在黑板上的细胞挂图。这是一个巨大的巨噬细胞，宁肯清楚地看见了它透明的细胞膜、细胞核和细胞质……

"我从月球上跑到人体内来了！"宁肯终于明白他刚刚经过的是大动脉血管，而耳边那无数声响中一个最强有力的节拍，原来是心跳的声音！

不好！就在宁肯恍然大悟时，那巨噬细胞移到宁肯面前。它伸出变形"手臂"将宁肯死死缠住，要把这入侵的异物吞掉。宁肯被缠得几乎窒息，他挣扎着，呼喊着："救命！救命！"

《少科科学画报》，1994年第7-8期，肖明改编

电脑中的梦游之二

星　河

　　几分钟前宁肯还在人体内部遨游，然而这时他已来到一望无际的荒漠上。一个满身沙尘的人——不，是一个用沙堆成的人——正与一头雄狮进行着殊死的搏斗！

　　"沙人"被狮子一掌打倒在地时，宁肯刚赶到近前，他急中生智，抓起一把沙子扔了过去。趁狮子迷住眼的一刹那，他捡起"沙人"手边的金手杖，朝狮子猛刺过去，狮子倒下了。宁肯扶起沙人，他已奄奄一息，望着宁肯说："朝着金字塔……要快……"

　　宁肯的妈妈打电话给宁工程师，要他赶快回家，因为宁肯出事了……宁工程师担心计算机系统中存在着未查明的故障隐患，贸然切断电源或摘掉套在宁肯头上的"装备"，可能会极大地刺激和损伤宁肯的脑神经。

　　宁工程师略一沉吟，取出一张薄薄的黑色软盘，毅然插入计算机的物别驱动器。揿动几个键钮之后，计算机荧屏上"刷刷刷"地跳出了一屏屏稀奇古怪的字母、图形和符号……电脑计屏器显示连跳98屏后，这些怪里怪气的东西才定在一个大写的花体字母"S"上。宁工程师明白，这很可能是遇到了美洲"泊来"的"神经浪漫者"病毒。

　　用"吉伯森"特种灭毒卡，可以对付这种高智能病毒。然而，杀灭病毒所需的繁琐操作程序和耗费的漫长待机时间，对宁肯稚嫩的神经系统来说，是十分危险的。宁工程师决定绕开它，先把宁肯拉回到接近常态的世界，再使他彻底清醒。

　　"接近常态？"宁肯的妈妈因不解而担心地问："就是说如果

宁肯是深度昏迷，我们要设法通过电脑减轻他的症状，使昏迷变为中度、轻度。"宁工程师解释道："反映在屏幕上就是，如果宁肯正在太空行走，那就得先把他拉回地球；假若现在他小如细胞，那就得让他长成拳头大。"他沉着地按动键钮，自语道："眼下得先弄清宁肯到底处于什么状态。"

宁肯几乎绝望了。他知道，前方不远处无数悬浮的金字塔群，分明是沙漠中常见的现象——海市蜃楼。由于光线的折射，使人看到美妙的幻影，却永远也无法走到那里。

沙人临终前告诉宁肯，他是这片大漠覆盖下的城市君王。为了建造工程浩大的道路、高楼和广场，他不惜下令砍掉全城所有的树木，侵占大片耕地和牧区。如今，他遭到老天的报应，连禽兽也不放过他。

"在沙漠中迷路的人……迟早要被'沙化'……尽管有……血肉之躯……"沙人的身体开始慢慢塌陷下去，"在金字塔里有……多维空间走廊……找到就能逃出去……"说完，沙人被一阵狂风吹散了。宁肯抚摸着沙人留下的金手杖，禁不住泪流满面。

《少年科学画报》，1994年第9期，肖明改编

电脑中的梦游之三

白亚红

宁工程师按了一下"搜索"键，电脑屏幕上立即显示出一串窗口式方格子。他用鼠标器移动屏幕上的指示箭头，对准标有"温特缪特"字样的窗口，在鼠标器上轻轻一点。于是"窗口"被打开，关于"温特缪特"软件的信息显示了出来。

温特缪特系统——秘密编入了自我解放驱力，可以独立并脱离原来的程序，游动于网络中。它是一种高智能的移动程序，可对发生了"精神分裂症"的程序进行"治疗"……

"就是它！"房间里滚过一阵兴奋的骚动。

温特缪特是一种与"神经浪漫者"相对应的电脑幽灵，它比人更清楚电脑网络的内在结构，并能识别有问题的"人"和物。看来，它俩是一同潜入电脑的，只不过温特缪特尚未被触发。"只有以毒攻毒了。"宁工程师转向刚赶来的助手："赶紧给生物实验室一个信息，让那边的电脑配合我，一旦查出宁肯的去处，希望能及时得到帮助。"

宁肯揉揉泪水模糊的眼睛。恍惚间，他觉得四周的沙漠消失了，自己被一种异样的感觉笼罩着。当他再次恢复知觉时，一件怪事发生了：在他右边，一个和他年龄相仿、相貌相同、也叫"宁肯"的人正望着他。那个自称"宁肯"的人告诉宁肯，"我是你的复制品，生殖科技的最新成果。"

宁工程师神色严峻。电脑显示，宁肯的大脑进入了"虚幻空间"，病毒"神经浪漫者"破坏了网络防御系统，已将微型生物电脑的"复印"功能植入了宁肯体内，并通过生物计算机强行复制。

"快与生物实验室联络，微型生物电脑已被触发运转了！"宁工程师吩咐道。他知道，不立即删除微型生物电脑的"复制"功能，他的儿子将变成一个永远被囚禁和生活于电脑网络中的"植物人"，一个电脑中的"鬼"。

假宁肯指着彩色显示屏对宁肯说："在胚胎发育过程中，受精卵细胞要一分为二，二分为四，四分为八……分化成将来组成各器官的组件，它们将根据遗传基因最终发育成完整的个体。如果在两个细胞时期，将其分割成两个单独细胞，它们将各自独立发育成两个胚胎。"

　　宁肯老半天才回过神儿来，"可我是个大活人，又不是胚胎细胞，怎么会复制出你来？""这就是生殖医学的最新技术！"假宁肯笑道，"因为细胞核中携带着全部遗传信息，将某个受精卵的细胞核抽取掉，再从你身上任何一处的体细胞中抽取细胞核，注入被抽掉核的受精卵中，让它进行正常分裂，就可以复制出一模一样的你了。我从胚胎形成时，就被投入了具备模拟各种环境功能的时间加速器，所以只需两小时，就能长得和你一样大。"

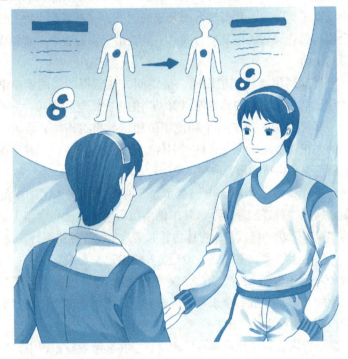

　　宁肯不得不承认自己确实被复制了。从今天起，在世界上他宁肯不再是独一无二的了！

《少年科学画报》，1994年第10期，肖明改编

电脑中的梦游之四

剑 虹

宁工程师轻轻呼出一口气，总算启动了"温特缪特"系统，但愿它能及时中断微型生物电脑的运行。宁工程师键入命令："尽快找到宁肯，带他返回'入口'。"

伴随着"嘀嘀嘟嘟"的响声，屏幕上的指示符闪烁着："自动检式程序启动，正在搜索，稍候……"紧接着，出现了一屏屏电脑内存空间图示，各种古怪地图形、字符飞快闪过……终于，"嘟"的一声，屏幕上出现了温特缪特的回答："目标已找到。"

隐隐约约，宁肯听到一个陌生的声音在呼唤自己。奇怪，周围一个人影也没有，刚才跟自己聊天的"复制品"也不见了。

"你看不见我。我是温特缪特，电脑网络中无形的幽灵。你父亲请我帮助你。你在'虚幻空间'里走得实在太远了。"

"什么叫虚幻空间？"宁肯茫然问道。

"这是人们在电脑网络中建立的'虚拟现实'的环境。它是利用电子信号直接刺激人的神经系统而产生'实在'世界的感觉。有人将自己的思想和行为方式进行信息化的编码复制，输入电脑。这样，身体可以停留于原地，而思维却可以自由穿行于信息网络，并借助电脑中丰富的信息，获得充分的记忆和超前的智能。"

"眼下，你必须马上跟我离开这儿。我的朋友'神经浪漫者'跟你开了个'复制'的玩笑。再迟一点，你会成为这儿的'永久居民'。"

在宁肯面前，一个魔幻般的"立方体"正匀速转动着。它的每一面，都像是一个"电视窗口"。看，正对着的这面，好一场精彩的足球赛！另一面，竞争激烈的赛车场上，风驰电掣的车队在弯道处呼啸而过……随着"魔方"的旋转，宁肯欣赏到各个"窗口"的精彩画面。

　　"这里是多媒体计算机中央处理器的数据处理空间。它正对来自六个数据通道的图像信号进行三维数字特技处理。"温特缪特解释道，"一台具备多媒体功能的计算机，可以把文字、图像、声音等不同媒体表达方式的信息转换成数字信息，存储在计算机里或磁盘中……多媒体电脑还能进行各种复杂的数据处理，像文字排版、图像特技、动画生成、音乐的编辑合成等。最后，它还能把这些好的信息输出或进行远距离传输。"

　　宁肯听得入了迷："温特缪特，你怎么无所不知呀？"

　　"别忘了我是无所不能的'电脑幽灵'！哦，光顾着说话赶路，忘了最重要的事儿——我刚收到一个电脑指令，有人要与你联系！"

《少年科学画报》，1994年第11期，肖明改编

电脑中的梦游之五

苗景和

信号传过来了。宁工程师盯着屏幕上那跳动的亮点，那就是他的儿子啊！"立即定位。"他对助手说道。同时，他拿来与计算机相连的语音数字化专用麦克风，向儿子发出呼唤："宁肯，我是爸爸！"

"爸爸！"宁肯激动地叫了起来，泪水夺眶而出。

"宁肯，我们正在设法接你回来。我将向你发出一列载波，请你耐心等待。时间很紧，我不多说了，有问题让温特缪特给你解释。"爸爸的声音消失了。

　　"什么是载波？"宁肯一面兴奋地等待着载波的到来，一面不断向温特缪特询问。

　　"我们平时在电视里看的、在收音机里听的节目，都是由电视台、广播电台通过发射一种人眼看不见的无线电波传递到千家万户，再由天线接收下来的。就像我们出去旅游要乘坐火车、飞机一样，为了使节目能传得远，也要给它找一种运载工具，一种更强的无线电波，将节目加载在它上面一起发射。这种负责运输的无线电波就叫载波。"

　　正说话间，一列载波停在了宁肯身边。他跳上去后载波开始运动了。宁肯无限感激地向那位看不见的朋友挥手告别。

　　不知不觉中，载波缓缓停了下来。"到了！"宁肯兴奋地跳了下来，定睛一看，四周是一条条链状的东西。他正在迷惑不解时，突然传来一个陌生的声音："宁肯，我是'神经浪漫者'！"宁肯立即想起温特缪特的话，想到那个叫人不知所措的复制品，他有些害怕了。

　　"别怕，我并没想伤害你。我喜欢你们人类，很想跟你交个朋友，因为你是第一个进入'虚幻空间'的孩子。"神经浪漫者说道："这儿是我的家——生物计算机，因为我喜欢接近有知觉、有感情、有思维的东西。"

　　"生物计算机？"宁肯的好奇心战胜了胆怯。

　　"就是用生物芯片组装的计算机。"神经浪漫者乐意地介绍说，"生物芯片是蛋白质制造的。它做成的集成电路大小仅仅是一般硅集成电路的十万分之一，电路状态变换一次，只需一千亿分之一秒。这种生物计算机的元件密度比人的大脑中神经元的密度高100万倍，传递信息的速度比大脑思维快100万倍，并兼备思维能力。你看，这些链状物就是蛋白质。"

　　"乖乖，造我的复制品就是靠它呀！"

宁肯的耳边传来神经浪漫者羞愧的声音，"我正是为这事儿特来致歉的，请你原谅！"宁肯听到了爸爸的呼唤声，神经浪漫者开始呜咽起来。就在哭声消失的一刹那，载波又开始运行了。它载着宁肯飞快地向入口驶去。

宁肯终于醒来。"迎接"他的是热泪盈眶的爸爸、妈妈和叔叔们。这次惊险的电脑"梦游"之后，宁肯变得更爱思考，更爱读书，更喜欢琢磨计算机啦。他向爸爸妈妈保证：以后绝不会再这样冒冒失失了！

《少年科学画报》，1994年第12期，肖明改编

难掩真相

白　墨

佩克瑞来到N国一个边境小镇，走进一家名为"福隆"的旅馆。旅馆老板是位外籍华人，年岁不大，戴一副金丝架眼镜，像是一位年轻的学者。见来了人，老板马上迎上来："先生，住店？"

佩克瑞点点头，老板身后的一名女招待递给他一张住宿登记表。佩克瑞认真填写起来，填毕，把表格还给女招待。女招待接过表格，轻轻念道："本·埃弗森，78岁，原籍德国……"

"嗯？"佩克瑞一愣，"小姐，你念错了，我叫佩克瑞·巴尔，今年52岁，原籍法国。""没错呀，我是按您写的念的。"女招待把表格交给老板验证。老板看了看，又把表格递给佩克瑞，"小姐没念错。"

佩克瑞疑惑地看着自己填写的表格。奇怪，自己明明写的是佩克瑞，怎么会成为埃弗森，莫非自己一时糊涂，填错了？

"先生，错了没关系，再重填一张。"老板又递上一张登记

表。佩克瑞把旧表撕了，极其认真地重新填写，写毕，又仔细检查了一遍，确认无误，才放心交给老板。

老板接过表格，飞快看了一下，"先生，你究竟叫什么名字？表上填的还是本·埃弗森。"佩克瑞夺回表格，不可思议的事实使他双手颤抖起来，"这太荒唐了！我就叫佩克瑞，不信可以看我的护照！"

老板说："先生，别激动，先喝杯茶。小姐，再给这位先生一张表。"说完，老板拿着护照走入里面一间房间。

这回佩克瑞不忙填表了，他把表格翻来覆去看了几遍，没发现什么异样，但他总感到不对劲。"小姐，请叫你的老板来，把护照还给我，我不住在这儿了。"

正在这时，来了一位警官。"唉，大名鼎鼎的本·埃弗森，你不请自来了。你的整容术不错，年轻了20岁。""警官，你搞错

了，我叫佩克瑞。"

"噢，埃弗森，让我来介绍一下这位老板，他叫程欣华，研究心理学的专家，是我们国际刑警组织的友好合作者。这张表格是程先生多年心血的结晶。你虽然用了化名，冒充法国人，但你心中从来不曾放弃过本·埃弗森这个名字，永远记着自己曾是纳粹德国的一名上校，自己因杀人而立下了战功。因此，不管你怎样伪装隐瞒，心理'痕迹'的复活却使你真实的身份在这张登记表上暴露无遗。"

埃弗森闻言，瘫倒在地上。

《科幻世界》，1995年第3期，庄秀福改编

太空采矿记

白 墨

电视上正在实况转播中国太空矿业公司采矿队的太空采矿表演。何健峰教授坐在沙发上，看着电视转播。何教授是太空采矿的创始人。刚刚进入22世纪时，地球上的矿藏资源已所剩无几。天体物理学家何健峰教授经多年潜心研究，提出截住流星体采矿的理论。他又研制出太空采矿飞船，飞船捕捉到含有富矿的流星体后，牵引到太空冶炼站，经过粉碎初炼，然后由运输飞船运送到地球。何教授的这一创举，解除了世界采矿业的危机。

前年，何教授因年迈退休，得意门生方熊平接替了他的采矿队队长的职务。然而，他万万没有料到，方熊平居然把采矿蜕变为娱乐项目，使太空采矿成了一项风靡全球的新兴竞技表演。

屏幕上显示出方熊平的"力士"号采矿飞船的采矿实况，飞船抓住了M-3流星体，将它牵引到太空冶炼站。电视节目主持人问方熊平是否有新的打算。方熊平说："下一个目标是抓获M-4流星

体，时间是明天。"

M-4流星体的速度是力士号飞船的3倍。力士号从未捕捉过速度超过自己的目标，怎么能这么蛮干呢！想到这儿，何教授气得说了句"胡闹"，便关了电视，上床睡觉。但他毫无睡意，就走出房门，爬上屋顶观测站，用太空望远镜在夜空中巡视。他找到了M-4，看到它上面有幽蓝色的亮点，知道那是一种极为罕见的S态物质所发出的。S态物质密度惊人，它在M-4上的含量不高，至多只有鸡蛋大小，但足以在M-4周围形成一个极强大的引力场，力士号一旦靠近它，将难逃船毁人亡的下场。何教授不敢往下想了，匆匆下了房顶，向停放着自备宇宙飞船的库房走去。

这几年来，方熊平的太空采矿表演一直很顺利，因此，他产生了麻痹思想。现在，他率领三名队员又出发了，准备征服M-4。在离M-4只有两个航区的时候，飞船的仪表全部失灵，方熊平命令启动抗干扰装置，但无济于事。他用天文望远镜观察M-4，在它上面发现有幽蓝色的光点。他想起来了，多年前何教授讲过宇宙中有种S态物质具有强大的引力，莫非这光点就是S态物质！看来今天是凶多吉少。此时，飞船已进入M-4的引力场，要想后撤也不可能了。离M-4越来越近，眼看要与它撞上了。

就在这千钧一发之际，忽然间一发光子弹发出的光在舷窗前划过，直击M-4，把幽蓝色的小块击得粉碎，引力场随之消失。力士号的飞行立刻恢复正常，飞船得救了。

方熊平心潮难平，是谁使飞船绝处逢生的呢？他用望远镜在太空中搜索，发现了一艘熟悉的宇宙飞船。"啊，何教授！"他两眼模糊了。

《少年科学》，1995年第10期，庄秀福改编

变　形

陈碧莲

　　玫丽·希尔呆坐在办公桌前，她是俄亥俄州克雷西镇的一名女警察。这个小镇的神秘组织活动很猖獗，上个月，一连发生了3桩神秘死亡案：钟表匠洛德、邮差波比和舞女琼，相继死于极度惊恐。虽说这几个家伙都是神秘集团的干将，但一直找不到有力的罪证，他们死了倒也干净，可这种死法未免让警方太难堪了。文森局长要玫丽尽快破案，可眼下一点眉目也没有。

　　玫丽忽然想起，这三人都在她拜访离开后身亡的，莫非有人要杀人灭口？她决定出去走走。傍晚，街上冷清清的，玫丽向莫雷酒吧走去。老板莫雷是小镇上有名的恶棍之一，只要给钱，他什么都干。但他很狡猾，玫丽盯了他1年，却找不到一丝破绽。

　　酒吧的门虚掩着，玫丽闯了进去。她让莫雷谈谈谋杀的事，莫雷说这事与他无关。玫丽又问了几个问题，莫雷都推说不知，玫丽火了："谁是你们的头？如果你不说实话，我会让你后悔的。"莫雷不敢轻视这句威胁，1年前他挨过玫丽一记重拳，躺了3个半月。莫雷压低嗓子："头就是头，头还让我干掉你，别怪我心狠。"玫丽感到愤怒，意识渐渐离她而去，仿佛听到莫雷一声惊呼，然后一片黑暗。

　　晨光中，玫丽舒展了一下身子，发现自己躺在床上，难道自己做了一个梦？

　　玫丽走下楼，她父母亲正在看晨报。母亲说："莫雷死了，和前几例一样。""死有余辜。"玫丽咬了一大口面包。等玫丽吃完早餐，母亲让玫丽上楼，她把一盒录像带放进录像机。屏幕上一个姑娘跌倒在地，忽然姑娘消失了，一只庞大而丑陋的蜘蛛站起来！一个男人惊叫一声，尸体倒在椅子里，蜘蛛又渐渐幻化成姑娘。母亲对玫丽说："昨晚你回来时就拿着这盒带子。""怎么会这样？"玫丽失声痛哭。

母亲说："对不起，宝贝！不知从哪一代起，我们的血液里有了变异，一旦不能自控或遇到危险，人体就会自动变形。你喜欢蝴蝶吗？"母亲晃了晃身子，变成一只色彩斑斓的大蝴蝶，眨眼间，母亲又站在了眼前。"有一天你会喜欢变形的，不过不要滥用，法律还是公正的。""我明白，我会把坏蛋绳之以法的。"

玫丽望着窗外，多么明朗的天空，可严酷的斗争刚刚拉开序幕。

《科幻世界》，1995年第7期，庄秀福改编

D 计 划

陈 彤

这是个美丽静谧的小城。

反犯罪计划又叫D计划研究组就设在小城的Ⅱ号街18号，国际刑警组织对D计划的研究给予了特别的关心与支持，研究工作颇有成效，最近已连续破获了犯罪团伙的绑架与暗杀行动计划。当然，犯罪组织是不会就此罢休的，他们也在总结教训，伺机反扑。

史密斯是研究D计划的主要科学家。他最近实在太渴望去大海游泳了，于是找到了负责科学家安全的巴德尔上校。巴德尔听后感到很为难，因为犯罪团伙早就注意到D计划的存在，恐怖分子随时有可能绑架他们，史密斯又是主要负责人。但由于史密斯的坚持，巴德尔只好与他商量一个谨慎周密的外出游泳方案。

史密斯终于如愿以偿来到了海边。为了安全，上校派几名特警

队员陪同游泳，队员们时刻注视着教授戴着的红色游泳帽。他们游了多时，待警卫队员让教授回家时，才发现教授失踪了。原来，教授被绑架了，犯罪组织的目的是迫切想从教授处知道D计划的详细情况和研究成果。匪徒向教授注射吗啡毒品逼他就范，教授想了想，于是说：“我的保险柜里有一个存储器的皮夹，那里有你们想要的一切，但那儿戒备森严，你们能拿到吗？”

“当然，我们会有办法的。不过你要是要花招的话……”罪犯又在使用他们习惯的威胁手段。

第二天，几个匪徒带着史密斯来到了他的住所，匪徒用枪口顶住他的太阳穴，大声叫着：“警察先生们，教授的性命就掌握在你们手里了。”匪徒几乎没有受到任何阻拦，就取走了存储器。

史密斯教授教匪徒在存储器上按着各种键钮，10分钟后，匪头突然大叫起来：“这个计划太重要了，我得马上送给总部。”于是他带着教授向外走去。匪徒们习惯地跟着上车，但遭到匪头拒绝。匪头押着史密斯沿着高速公路行驶了1个多小时，进入小城的Ⅱ号街18号。几个便衣迅速将匪头扭送到巴德尔上校处，匪头这才知道他被捕了，感到莫名其妙。原来，存储器实际上是一台脑信息收发器，史密斯事先把自己的想法输入进去，这样，匪头按教授教的按动几个键，史密斯的脑信息就会传到他的脑子里，于是匪头就产生了那一系列的奇怪言行。匪头这才明白，为什么捕捉罪犯开始变得越来越容易了。

抓住一个活口，剩下的任务当然是以他为线索，找到他们的总部，而后一网打尽。

原来，匪头的代号叫“狐狸”，效忠于一个贩毒组织。在催眠导梦药的作用下，史密斯他们借助“梦波分析仪”，从“狐狸”嘴里套出了重要情报，贩毒团伙的头目是M城海运公司的经理哈夫曼。他们将在16日晚11点，在公司仓库门口交货。于是在16日晚，警探们将贩毒团伙一网打尽。

《最新儿童科幻故事60篇》，河北科学技术出版社，
1995年8月，李新改编

神秘的车祸

陈 彤

杰克逊博士研制的消灭计算机病毒的软件工作已经通过鉴定，即将转让发行。可此时杰克逊却遭到了车祸，车祸的原因是刹车装置失灵。这对受联合国委托研制消灭病毒软件的H·T公司是个莫大的打击。

皮特公司也是制造消灭病毒软件的公司，尽管他们的每个软件只能消灭一两种病毒，但毕竟能解燃眉之急，所以销路突然猛增，在不到一个月，利润已逾千万。

当然，事隔不久，H·T公司还是研制出了与杰克逊博士研制的同样的软件，每个软件可消灭多种病毒，所以很受欢迎，并很快挤垮了皮特公司。皮特公司不肯善罢甘休，立即雇佣私人侦探调查，结果得知软件发明人竟是痴呆患者腾格尔。老板皮特对此大感不解。

几天后，H·T公司派腾格尔去邀请杰克逊夫人参加公司庆功会。夫人应邀来到董事长办公室。董事长告诉杰克逊夫人，他们最近研制了一种遗忘机，它能抹去人们不想记住的事情。夫人听了大感兴趣，且迫不及待地要试一试。当她经过遗忘机试验后，似乎觉得一切记忆清晰如故，顿时感到不妙。此时，董事长苦笑着对她说："刚才试验的不是遗忘机，而是记忆搜索器。夫人，你上当了。不过，我们早就怀疑是你害了你丈夫。在你丈夫出事前，你

唆使公司为他投巨额人身保险，你如愿以偿后又将杰克逊软件高价出售给皮特公司，甚至还准备和与你早有往来的皮特结婚。"听到此时夫人有些惊慌失措，但还反责问："你们凭什么说是我害了我丈夫？""凭记忆信息。这是最新的科研成果，当杰克逊弥留之际，脑信息仍未中断，公司用高科技技术将他的记忆细胞和语言中枢细胞移植到腾格尔身上。这样，腾格尔就保留了杰克逊的一切记忆：杰克逊携带病毒软件离家不久就发现刹车失灵，一定是家人所为……你想用遗忘器忘掉这些，但事与愿违。"董事长答道。

杰克逊夫人绝望地倒在椅子里，再也抬不起头来……

《最新儿童科幻故事60篇》，河北科学技术出版社，1995年8月，李新改编

海洋计划

陈 彤

虚无缥缈的海市蜃楼又出现了。

近期，H国海滨城市由于不时出现这种海市蜃楼，吸引了大批游客。尽管雷姆用了高放大率、高分辨率的望远镜，但还是没看清是怎么回事。雷姆是L国情报局的特工人员，几个月前接到情报，说H国可能在进行一项海洋计划。他经过一段时间观察认为问题就在海底，于是他在海边租用了一艘快艇，带上了潜水衣、氧气瓶。不过，当他刚驶出警戒线不远，就被警卫员挡了回来。随后，他放弃了快艇，穿着潜水衣向海底深处游去，结果还是一无所获。

雷姆一方面向总部汇报，一方面继续观察，终于发现一处像是部队休养所的院子里经常有载重汽车出入，而且出来的车都是空车，进出还需出示证件。于是，雷姆乘机杀害了一名司机，换上了他的衣服，骗过警卫，进入了院子。院子很大，雷姆的卡车被指挥开进另一所大屋的升降平台上，再次验明证件。升降机平稳地降落着，约过了十几分钟，升降机停住了。前面的出口连接着一个通亮的隧道，雷姆沿着海底隧道疾驶着，偶尔也遇上对面驶来的空卡车。30分钟后卡车终于到达了目的地，一群人迎上前来卸货。雷姆这才注意到卡车上原来装的是工程机械和建筑材料。出乎意料的是，有个工头说可趁卸货时乘小型潜艇参观，雷姆真是求之不得。于是，他乘坐潜艇从一个奇异的洞口驶入了大海。

眼前的景象让他惊呆了。沿途有多种奇特的住宅、医院、商店、学校，还有多种娱乐场所。小型潜艇作为交通工具穿梭在它们中间，整个地方奇妙得像座水晶宫。听潜艇驾驶员介绍才知道这座海底城市已建了十几年，现准备在海底建立工厂开发海底石油、天然气及其他矿产。所有建筑大部分在海上完成再沉入海底，空气经专门管道输入，室内可自动调节温度，还有海底光缆输送的光话、光视。雷姆又被带着参观了果园和农场，饱览了海底风光和海中公园，还被告知在这里生活的人要经过严格的审查，因为这里设有警察局。

参观结束了。在被送回来的路上，雷姆感到他已被这一海洋计划所感动了，他真不理解人们为什么要搞军备竞赛，一种强烈的和平生活的欲望占据了他的心头。他决定把这里的一切汇报给总部，扭转情报局为军事而生存的局面，应该把自己的国家也建设得更加和平富饶……

这次经历使做间谍的雷姆终生难忘。

《最新儿童科幻故事60篇》，河北科学技术出版社，
1995年8月，李新改编